HIER UND DA, DANN UND WANN
Südstadt / Schäl Sick. Kurzgeschichten.
Anke Breuer / Oliver Kreuz

HIER UND DA
DANN UND WANN

Südstadt／Schäl Sick. Kurzgeschichten.
Anke Breuer／Oliver Kreuz

IMPRESSUM
Hier und da, dann und wann
Südstadt/Schäl Sick. Kurzgeschichten.
Anke Breuer und Oliver Kreuz

Köln, 2019 © A. Breuer, O. Kreuz

Gestaltung: www.coverboost.de
Bildmaterial: C. Gornik
Herstellung und Verlag:
BoD – Books on Demand, Norderstedt
Bibliografische Daten über dnb.dnb.de abrufbar.

ISBN 978-3-73479-933-4

Anke Breuer ╱ ♏

geb. in Wülfrath, lebt in Köln. Dazwischen Jahre in Bulgarien und der Schweiz. Übersetzerin und Grammatikliebhaberin. Mitglied im Literaturkreis ERA (Ratingen). Hat verschiedene Texte in Deutschland und Österreich veröffentlicht.
Anke Breuers Projekt „Spurwechsel" (Thema: Multiple Sklerose, Texte: Anke Breuer) erhielt 2017 den Hertie-Preis für soziales Engagement und wurde 2018 für den Deutschen Engagementpreis nominiert.

Oliver Kreuz ╱ ♡

wurde 1970 in Siegen geboren. Als Diplom-Sozialpädagoge ist er beruflich hauptsächlich in der Migrantenhilfe tätig. Er schreibt seit vielen Jahren Kurzgeschichten und sieht in T. C. Boyle sein großes Autorenvorbild.
Oliver Kreuz ist außerdem Musiker, spielt Gitarre und Schlagzeug und hat diverse Lieder musikalisch und textlich kreiert. 2016 gewann er den ersten Platz beim Kurzgeschichtenwettbewerb „Lesesport".

KÖLLE VON A BIS Z / M	9
REALITÄTSFLASH / ♡	11
ZWISCHEN FARBEIMERN UND BERLINERN / M	18
DE JANZE WELT VERRÜCK EN KÖLLE / ♡	25
GEBURTSVORBEREITUNGEN OP KÖLSCH / M	30
KÖLSCHER KLÜNGEL ÜBERALL / M	36
SEELENWANDERUNG / ♡	42
ABSCHIEDSREISE / ♡	56
DIE PAAR PROBLEMLINGE / M	65
VERHAFTET / ♡	71
PANOPTIKUM / M	79
NENNT ES, WIE IHR WOLLT / ♡	85
AUF REZEPT / M	91
ESOTERISCHES / M	107
TO GO OR NOT TO GO / M	111
BEKEHRT / M	113
ALLES ANDERE ALS VOLLKOMMEN / M	115

KÖLLE VON A BIS Z
Anke Breuer

Gestern las ich: „Nicht Ausländer begrabschen Frauen, sondern Arschlöcher begrabschen Frauen."
Apfel und Birne miteinander zu vergleichen, macht beizeiten also auch Sinn. In diesen Zeiten der Empfindlichkeiten geht das Leben im kleinen Universum trotzdem weiter. Mit Arschlöchern. Apfel. Anke. Ausländern. Adil. Allah. Birne. Allem.
Heute steigt Anke aus dem Aufzug aus. Träumt. Und erschreckt sich. Denn keine „Armlänge entfernt" von ihr steht ein Mann. Dunkle Kapuze mitten im Gesicht. Draußen regnet es in Strömen. Langer, schwarzer Bart. Draußen ist es kalt. Dunkle Haut. Draußen war bis vor einigen Tagen quasi noch Sommer. Mitten im Winter. Anke quiekt. Typ quiekt. Auch geträumt. Anke fasst sich, sagt: „So viel Bart in meinem Gesicht!"
Typ lacht und erwidert: „Gott sei Dank nicht!"

Wir schwätzen, und ich erfahre, er heißt Adil, ist Marokkaner, hat hier im Hause gewohnt und hütet jetzt die Blumen meines Nachbarn, der im Urlaub ist. Adil erzählt, er sei mit den Franzosen, die vor uns hier lebten, befreundet gewesen, und diese hätten die gleichen Essgewohnheiten wie er. Denn ihm fehlte auch grundsätzlich eine Zwiebel beim Kochen! Wie vertrackt!
Ich sage: „Komm, ich koche uns einen Tee", und er erzählt weiter, er wohne jetzt im Hochhaus gegenüber und sei noch immer ganz verstört. Denn gestern hatte er dort einen Brief im Kasten:
„Du bist ein Muslim! Raus mit dir!"
„Alteingesessene Kölner schreiben keine Hassbriefe", sage ich, „Arschlöcher schreiben Hassbriefe."
Und wir befinden, dass alle Arschlöcher ins All geschossen werden sollten. Ich schenke nach. Bald kommt er wieder rum, wenn die Blumen bei Herrn B. gegossen werden müssen. Dann gib es wieder schwarzen Tee. Mit viel Zucker. Kölle von A bis Z.

REALITÄTSFLASH
Oliver Kreuz

Merheim. Ich glaube, jeder, der den Namen dieses Kölner Randgebietes hört, vergisst ihn sogleich wieder. Merheim klingt so gewöhnlich wie das monotone Stottern von Müllwagen an einem Montagmorgen. Hier stehen alle Mülltonnen wie gewohnt, pünktlich und in Reih und Glied zum Appell bereit.

An einem solchen Montagmorgen liege ich im Halbschlaf im Bett und ziehe mir die Decke über den Kopf. Das Geräusch der Hebebühnenhydraulik lullt mich ein. Ich falle wieder in einen Traum, der noch einmal kurz vom Klappern der Mülltonnen unterbrochen wird. Meine gewöhnlichen Nachbarn mögen es nicht, wenn die leeren Tonnen so unordentlich am Straßenrand herumstehen. Ich träume davon, ein Forscher im Urwald zu sein, wo ich Teil einer Gorillafamilie werde. Wie in diesem Hollywoodstreifen aus den 90ern „Instinkt" mit Anthony Hopkins.

Gegen Mittag stehe ich auf. Mir brummt der Schädel. Im Wohnzimmer stehen zwei leere Flaschen von dem billigen Rotwein auf dem Couchtisch und begrüßen mich schuldbewusst. Ich packe die beiden am Schlafittchen und lege sie in den Zeitungsständer. Aus den Augen, aber nicht aus dem Sinn. Vielleicht beseitigt eine Kanne Kaffee den Kater sowie den einhergehenden Gedankenmüll aus meinem Schädel. Meine Küche sieht aus wie eine Müllhalde. Ich wage einen Blick aus dem Fenster. Es ist ein trüber Septembertag am 30. August 2010. Ein paar trübe Tassen latschen von A nach B. Weiter als bis C sind die noch nie gekommen. Ich laufe Kaffee schlürfend zurück ins Wohnzimmer und lasse mich in den Sessel fallen, so dass die Hälfte des Kaffees über meinen Bademantel schwappt.

Ein Blick über den kleinen Müllberg, der sich in meinem Wohnzimmer ausbreitet, bildet so etwas wie eine Synchronizität zu meinem Gedankenmüll. Und ebenso natürlich zu der kulturellen Müllhalde, auf der ich lebe: Merheim. Müll, wohin das Auge sieht. Ich zünde mir eine Zigarette an. Frühstück der Champions. Der Kaffee weitet die Bronchialgefäße, und ich ziehe fest an der Zigarette. Atme den Rauch so tief ein, wie es geht. Der Rauch wird unsichtbar. Noch eine Synchronizität.

Es klingelt und der Postbote überreicht mir ein Päckchen. Er scheint über meinen Anblick nicht verwundert zu sein. Naja, wieso sollte er auch, denn ich bin schließlich keine Romanfigur. Nur ein abgehalfterter

40-jähriger in einem roten Bademantel. Leider kann ich ein Gähnen nicht unterdrücken, während ich ihm den Erhalt des Päckchens quittiere, und er schaut mich ein wenig strafend an. Vielleicht bilde ich mir das auch nur ein. Aber schließlich rennt der Mann seit Stunden durch die Gegend, und wer wollte ihm da schon gewisse Ressentiments verdenken. Bei dem Inhalt des Päckchens handelt es sich um eine kleine Sammlung von Schlümpfen, die ich bei Ebay verticken wollte. Leider fehlt dem Trompetenschlumpf die Trompete. Ich schmeiße den Kram zu meinem restlichen Müll.

Gegen Nachmittag bekomme ich Hunger. Der Proteinklumpen in meinem Schädel schreit nach einem englischen Frühstück und Aspirin. Mir bleibt also nichts Anderes übrig, als mich auf den Weg zum Supermarkt zu machen. Supermärkte bilden den Lebensmittelpunkt unserer Vorstadt. Und Apotheken gibt es selbstverständlich. Merheim braucht viele Apotheken.

Während der Katzenwäsche werfe ich etwas ängstlich einen Blick in den Spiegel. Wie erwartet sehe ich beschissen aus. Wozu also die Angst? Die Zahnbürste fällt auf den Boden, und ich sehe ein Silberfischchen unter dem Putzeimer verschwinden. Leider konnte der Rotwein die unangenehmen Gedanken des Vorabends nur für eine begrenzte Zeit wegspülen. Mit den Gedanken wird auch die Angst wieder in mein Bewusstsein geschwemmt. Wie erwartet – so funktionieren meine psychischen Gezeiten nun einmal. Trocken hinter den Ohren verlasse ich die Waschkajüte, streife mir ein paar

Klamotten über, die zumindest noch sauber sind, dann latsche ich zur Bushaltestelle, während das bedrohliche Rauschen meiner Gedanken lauter wird. Welche Phobie wird mit heute den Tag versauen? Welcher Zwang schnürt mir heute die Kehle zu? Ich steige in den Bus, und ein alter Mann schaut zu mir herüber. Sein Blick ... Irgendwie böse ... Alles klar. Heute verdrehen mir religiöse Zwänge den Kopf. Natürlich weiß ich, dass „der Alte" nicht böse ist. Hartz 4 ist böse. Ursula von der Leyen ist böse, und meine Sachbearbeiterin im Jobcenter ist es wahrscheinlich auch. Allerdings nicht im religiösen Sinn, sondern ganz real. Trotzdem beschäftigt mich der „böse Blick" des alten Mannes auch weiterhin. Ich fahre nur eine Station. Die paar Meter zum Kaufland gehe ich zu Fuß. Das Kaufland ist so etwas wie der verlängerte Arm der Merheimer Kliniken. Ausweitung der Kampfzone. Eine Ausgeburt des Konsumwahns. Die Klapse liegt gleich um die Ecke. Manchmal sehe ich hier kleine Gruppen von Menschen, bei denen ich mir sicher bin, dass sie so etwas wie ein „Einkaufstraining" absolvieren müssen. Schließlich müssen die Insassen der Merheimer Psychiatrie wieder lernen, sich unter all den Irren zurecht zu finden.

Ich gehe zielstrebig in die Kauflandapotheke und besorge mir mein Aspirin. Meine Gedanken zupfen schwarze Blätter aus einem imaginären Gänseblümchen. Er war böse. Er war es nicht. Er war böse. Er war ...

Die Apothekerin lächelt mich fragend an: „Darf es noch etwas sein?"

Ich verkneife mir die Frage, ob heute Heroin im Angebot ist, und eile in die Kampfzone. Das Einkaufswunderland ist glücklicherweise nicht besonders voll heute. Schnell habe ich das Nötigste zusammen und darf bei meiner Lieblingskassiererin bezahlen, die mich heute besonders nett anlächelt. Ich denke an den „morgendlichen" Blick in den Spiegel und eile Richtung Ausgang.

An der Bushaltestelle stehen ein paar streitende Penner. Zufrieden darüber, dass ich kein Wort von dem Gegröle verstehe, das sie von sich geben, kann ich mich wieder auf mein geistiges Gänseblümchenspiel konzentrieren. Böse – nicht böse – böse – böse – nicht böse. Plötzlich reißt mich eine Polizeisirene aus meinen Gedanken. Ein Polizeiwagen rast an uns vorbei, gefolgt von einem Motorrad. Etwa fünfzig Meter weiter legt sich der Motorradbulle aufs Maul, steigt aber sogleich wieder auf. Immer mehr Sirenen machen einen ohrenbetäubenden Lärm. Eine Bullenschleuder jagt die nächste. Ein Polizeihubschrauber fliegt dicht über uns hinweg. Jetzt werde ich doch richtig neugierig und schaue mich um. Etwa fünfzig Meter zu meiner Linken blockieren zwei blinkende Polizeiautos den Zugang zur dort ansässigen Apotheke. Selbst die Penner halten ihr Maul und verrenken sich die Hälse. Dann kommt der Bus. Bis zur nächsten Haltestelle kommen wir nicht durch. Die Polizei hat alles weiträumig abgesperrt. Wer aussteigen will, darf aussteigen. Ich höre Schüsse. Das Gedankenrauschen wird immer leiser, bis es ganz verschwindet. Ich spüre wie mein Herz schneller schlägt. Also marschiere ich bis kurz hinter die Absperrung und sehe eine Menschentraube vor einer kleinen Verbindungsstraße stehen. Polizei, soweit das Auge reicht, und ein zweiter Hubschrauber dreht weitflächig seine Runden, so als ob die Jagd noch in vollem Gange sei. Gerade noch bevor die Polizei einen Sichtschutz bilden kann, sehe ich das viele Blut aus dem reglos am Boden liegenden Mann hervorquellen. Einige Gaffer werden befragt. Wir anderen werden angemessen barsch aufgefordert, uns zu verpissen. Ich komme mir deswegen ausgesprochen dämlich vor, aber noch immer spüre ich so intensiv, wie das Blut durch meine Adern strömt. Eine seltene Klarheit hat meinen Geist erfasst. Weit und breit kein schwarzes Gänseblümchen in Sicht.

Auf dem Nachhauseweg werde ich noch zwei Mal von einer Absperrung aufgehalten und muss lange warten. Schließlich überrede ich einen Polizisten, mich durchzulassen. Er tut es nur unter der Bedingung, mich fast bis zur Haustüre zu begleiten, was ich niemals begreifen werde.

Am nächsten Tag erzählt mir meine Nachbarin, dass der Tote nur ein paar Häuser von uns entfernt gelebt hätte. Vor einigen Monaten wurde seine Ehe geschieden.
Er war dem Alkohol verfallen und hatte wohl in einem Anfall von Wahnsinn die Idee, mit einer Gaspistole diese Apotheke zu überfallen. Viele Blumen werden an der Stelle hinterlegt, wo er niedergeschossen wurde.

Das Rauschen meiner Gedanken kehrt noch am selben Abend zurück. Und immer, wenn ich an dem gewöhnlichen grauen Haus vorbeigehe, wo früher mal ein Familienvater gelebt hat, wird es besonders laut.

ZWISCHEN FARBEIMERN UND BERLINERN

Anke Breuer

Inzwischen fahre ich mindestens 45 Minuten um den Block. Die Blöcke. Innerhalb meines Veedels. Und alle umliegenden. Das Parken in der Kölner Südstadt ist ein Albtraum. „Aber dafür wohnst du im tollsten Viertel Kölns!", höre ich dann immer die anderen unken. Die, die einen gemütlichen Parkplatz im Innenhof gemietet haben. Außerhalb der Südstadt. Denn hier gibt es keine Innenhöfe. Also Innenhöfe schon. Wunderschöne. Aber da wird gefeiert. Gegrillt. Geklönt. Nicht geparkt. Dafür aber gibt es trotzdem oft Verkehr. Nicht selten kann ich von meinem Küchenfenster aus das Liebesleben meiner Nachbarin beobachten. Erschwerend kommt heute zur Parksituation hinzu, dass Weiberfastnacht gefeiert wird. Und die Touristen, die von Karneval eigentlich so gar nichts verstehen, machen rüber. Parken munter. Und feiern noch munterer.

Bis sie, nicht mehr ganz so munter, völlig versacken. Ich liebe Karneval. Ich liebe Weiberfastnacht. Ich liebe die Südstadt. Gerade aber komme ich von meinem dritten MRT innerhalb eines Monats. Plus der dritten Gehirnstrommessung innerhalb von drei Tagen. Ich fühle immer noch die Druckstellen der Saugnäpfe an meinem Kopf. Es scheint, als hätten sie sich festgesogen. Obwohl sie längst nicht mehr an meinem Schädel kleben. Vor drei Monaten habe ich eine Diagnose erhalten, die unter Umständen mein Leben ändern wird. Auch bereits in Teilen tut. Seit fast zehn Wochen bin ich nun krankgeschrieben. So lange war ich noch nie ohne Arbeit. Unvorstellbar. Ich muss ununterbrochen in Bewegung sein. Ich muss immer bewegen. Und nun war meine eigene Beweglichkeit in Gefahr.

Ich versuche, für einen kurzen Moment all den Mist zu vergessen. Die Diagnose vor einigen Wochen. Die andauernden Sorgen seitdem. Die Stunden Wartezeit in der Radiologie heute. Die Schmerzen in diesem Moment. Plötzlich ein Parkplatz. Als ich zum zehnten Mal um mein Haus fahre. Mein Nachbar fährt aus der seiner Lücke heraus. Ich ziehe blitzschnell rein. Noch funktionieren mein Hirn und meine Extremitäten. Warum findet mein Nachbar immer einen Platz direkt vor unserer Haustüre? Ich werde ihn fragen. Vielleicht in einem ruhigen Moment, wenn er sich gerade mal nicht über die falsche Müllsortierung der anderen Nachbarn oder den nicht vorhandenen Weltfrieden aufregt. Ich muss in mich gehen. Fühle mich an sich schon zu alt für das Südstadtflair, die Studenten, die zu viel Zeit haben, sich über meine Zeit auch noch herzumachen. Die Möchtegern-Weltverbesserer. Die Supermuttis. Die Parkplatzmopser. Die verrückten Fahrradfahrer. Die Touristen. Mein Herz sticht, als ich nun endlich die Muße habe, die vorbeiziehenden Jecken zu beobachten. Clowns. Piraten. Hexen. Pelikane. Ein Pipi Langstrumpf. Eine Pipi Langstrumpf. Marlene Dietrich. Zirkusdompteure. Gefängnisinsassen. Mehrere. Mit Ketten aneinandergefesselt. Normalerweise bin ich Weiberfastnacht mittendrin. Und nicht auf der Suche nach Parkplätzen mit Druckstellen auf dem Schädel und knurrendem Magen. Und vor allem nicht stocknüchtern. Seit drei Monaten habe ich keinen Tropfen Alkohol mehr angerührt. Mein Neurologe sagt, das sähe er sofort bei den Hirnstrommessungen, wenn ich auch nur ein Fitzelchen anrührte. Er lächelte dabei. Für ihn war es ein ernst gemeinter Witz. Und für mich war es ein Witz, den ich ernst nahm. Ich bin ohnehin noch völlig von der Rolle. Da ist ein Glas Wein meine letzte Sorge. Allerdings wollte ich vor einigen Wochen meinen Kummer dann wenigstens in Völlerei ertränken. Und verbrachte einen maßlosen Abend bei Massimo. Meinem Lieblingsitaliener um die Ecke. Mit den Monoblockstühlen und den Holzbänken. Immer völlig überfüllt. Ohne gescheite Toilette. Aber all das tut dem Ganzen keinen Abbruch. Vielleicht tut es gerade das Gegenteil. Dort aß ich nach meiner Vorspeise, einer Hauptspeise als Dessert zwei Portionen Tiramisu. Ich trank Unmengen an Wasser dazu. In dem Glauben ich machte alles richtig.

Und in dem Glauben alles würde sicher gut. Am nächsten Tag wieder Messungen. Herr Neurologe lächelte nicht. Er sagte nur, dass dieses Mal für die Katz gewesen wäre. Ich hätte Alkohol getrunken! Ich fühlte mich wie vor Gericht. Musste fast heulen. All das! Und jetzt auch noch ohne Tiramisu leben? Ich war in meinem Leben manches Mal krank gewesen. Aber den Appetit hatte es mir nie verschlagen. Mindestens der erhält mich immer am Leben. Ich war an dem Tag völlig fertig. Und saß abends wieder bei Massimo. Ohne Tiramisu.

Mit dem Gedanken an Amaretto geschwängerte Küchlein und den Anblick der Jecken erinnere ich mich daran, wie ich normalerweise die Weiberfastnachtmorgenzeremonie beginne. Ich stehe früh auf. Laufe flugs im Bademantel zum Kiosk nebenan. Und kaufe eine große Tüte voll Berliner. Mit Puderzucker. Mit Streuselzucker. Mit Glasur. Mit Marmelade gefüllte. Mit Eierlikör gefüllte. Ungefüllte. Pure. Ich liebe sie alle. Dann kommen allmählich Freunde. Wir öffnen die erste Flasche Sekt, hören Karnevalsmucke und sind um zehn Uhr aus dem Haus. Und genießen den Straßenkarneval. Beschwipst. Überzuckert. Verkleidet.

Heute nicht. Ich gehe am Kiosk vorbei. Ich schaue nicht einmal herein. Ich hätte wenigstens reinwinken können, denke ich. Sicher macht man sich dort schon Sorgen. Weil ich dieses Jahr kaum reinschaue. Obwohl ich offensichtlich da bin. Ob ich kurz meine Haare zur Seite streiche und ihnen die Abdrücke der Hirnstromdinger zeigen sollte? Das wäre schräg. Ich gehe ins Haus.

Marek ist sicher schon da. Sicherlich nicht. Marek streicht gerade meine Wohnung. Ich dachte, wenn ich schon nicht ins Büro gehen kann, dann sorge ich wenigstens zu Hause für Ordnung. Für Abwechslung. Für Ablenkung. Vor allem.
Ich hatte Marek direkt zu Anfang einen Schlüssel gegeben. Damit er schon starten kann, wenn ich noch schlafe. Oder einkaufe. Oder Freunde besuche. Oder spaziere. Ich schlafe aber kaum. Besuche niemanden. Und gehe nicht spazieren. Marek nutzt den Schlüssel nie. Er ist derart wohlerzogen; ich glaube, er findet es seltsam, die Wohnung einer Kundin aufzuschließen, während diese im Schlafzimmer schlummert. Ein echt netter Vogel. Ich hatte mehrere Male versucht, ihn zu einem Kaffeeklatsch am Nachmittag zu überreden. Hatte Kuchen mitgebracht. Kaffee gekocht. Aber er meinte, das könnte er nicht tun. Denn er wäre schließlich hier, um zu arbeiten. Ich bezahle ihn wöchentlich. Aber seltsamerweise nimmt er immer nur die Hälfte des vereinbarten Geldes. Er sagt, er sei zurzeit etwas langsam. Daher könne er auch nicht so viel Geld nehmen. Ich glaube eher, er sorgt sich. Um mich. Eine alleinstehende Frau. Die ständig zum Arzt muss. Das Haus sonst nie verlässt. Er hat unterdessen nicht nur die ein oder andere Wand gestrichen, sondern fast die gesamte Wohnung auf Vordermann gebracht. Hier leckte das Abflussrohr. Jetzt läuft es wie neu. Eine Herdplatte funktionierte längst nicht mehr. Jetzt macht sie einen besseren Job als die anderen drei. Meine Klingel hatte noch nie funktioniert.

Jetzt habe ich sogar eine mit Wunschton. Ich glaube, ich biete ihm an, hier einzuziehen. Dabei weiß ich kaum etwas von ihm. Er ist kein großer Redner. Ich hingegen texte den armen Kerl ununterbrochen zu. Eins weiß ich demnach schon. Marek ist ein geduldiger Kerl.

Gerade will ich meine Wohnungstüre aufschließen, da stelle ich fest, dass sie heute bereits aufgeschlossen wurde. Marek. Sicher muss er heute noch woanders arbeiten, so dass er ausnahmsweise seine Regel gebrochen und doch meine Wohnung betreten hat, ohne dass ich dort war. Ich freue mich. Ein schönes Gefühl, in meinem desolaten Zustand in eine Wohnung zu kommen und dort wartet jemand auf mich. Ich stolpere über einen neuen Farbeimer, der mitten im Flur meiner Altbauwohnung steht. Marek stürzt in den Raum. „Anke! Schon da! Warte! Hier!" Er lächelt und hält die Hand zur freundlichen Warnung hoch. Ich bleibe brav im Flur stehen. Setze mich erschöpft auf den Farbeimer. Ich höre, wie Marek wuselt. Dann ruft er:

„Fertig! Komm!"

Ich gehe in die Küche. Und dort steht zwischen Farbeimern und Spachteln der kleine Tapeziertisch mit Servietten notdürftig bedeckt. Darauf ein großer Pappteller mit Berlinern! Mit Puderzucker. Mit Streuselzucker. Mit Glasur. Mit Marmelade gefüllte. Mit Eierlikör gefüllte. Ungefüllte. Pure. Und frischem Kaffee in Plastikbechern dazu.

Ich pfeife auf die Hirnstrommessungen morgen, was ändern sie auch, falle Marek um den Hals und habe den vielleicht schönsten Weiberfastnachtmorgen je. Danach macht er sich wieder an die Arbeit. Und ich gehe spazieren. Vielleicht besuche ich bald auch mal wieder Freunde. Auf dem Weg zu meinem Lieblingspark winke ich meiner Kiosk-Dame zu.

DE JANZE WELT
VERRÜCK EN KÖLLE

Oliver Kreuz

Kurz nach den Anschlägen vom 11. September 2001 werde ich arbeitslos. Nicht, dass da ein Zusammenhang bestünde. Selbst der paranoideste Verschwörungstheoretiker schaffte es nicht, einen Zusammenhang zwischen diesem politischen Erdbeben und meiner ganz privaten Wirtschaftskrise herzustellen. Aber als amtlich gewählter Präsident meines kleinen, lächerlichen Lebens habe ich die Aufgabe, etwas gegen diese Krise zu unternehmen. Ein Blick auf mein Konto reicht aus, um den adrenalingesteuerten Seismographen in meinem Schädel sehr weit ausschlagen zu lassen. Es muss also schnell etwas passieren, und somit bewerbe ich mich als frisch gebackener Sozialpädagoge als Flugsicherheitsfachkraft am Köln/Bonner Flughafen. Sicherheitsfirmen haben gerade Hochkonjunktur, zumal es ein neues Gesetz gibt, das es auch außerpolizeilichen Organisationen erlaubt, Personal für die Flugsicherheit zur Verfügung zu stellen. Auf der Fahrt zum Flughafen mit Bus und Bahn werde ich nicht erwischt. Selbstverständlich bin ich schwarzgefahren. Kann mir gerade noch was zum Essen kaufen. Das Vorstellungsgespräch verläuft reibungslos (leider war das die letzten vier Male, bei denen ich mich als Sozialarbeiter beworben habe, nicht so). Anschließend laufe ich noch etwas auf dem Flughafen herum. Ich liebe diese Umgebung seit frühester Kindheit. Selten erzeugt ein Schauplatz so ein Freiheitsgefühl in mir wie Flughäfen. Ich freue mich auf den Job. Zunächst bin ich verpflichtet, ein vierwöchiges Seminar mitzumachen; unentgeltlich, Fahrtkosten nicht inbegriffen. Scheiß drauf. Wenigstens habe ich jetzt ein Ziel.

Am Abend hänge ich mich wieder vor die Glotze. Zum einen kenne ich in Köln noch kaum jemanden, weil ich noch recht neu in der Stadt bin, und zum anderen tobt in Afghanistan ein Krieg. Da möchte ich als politisch denkender – und auch manchmal sensationsgieriger – Mensch doch nichts verpassen. Seit Monaten gibt es scheinbar kein anderes Thema im TV. Gerhard Schröder hält derzeit noch an seiner uneingeschränkten Solidarität mit fucking George W. Bush fest (so ganz nebenbei bringt Goldkettchen-Gerd die Agenda 2010 auf den Weg, die er nach Oberpuffgänger Peter Hartz benennt, und Die Grünen werden zu Helfershelfern dieses sozialen Desasters; Joschka Fischer ist seit dem Kosovo-Krieg offensichtlich an Schizophrenie erkrankt).

Das Gesicht von Chefaufklärer Peter Scholl-Latour kenne ich mittlerweile so gut wie mein eigenes Spiegelbild. Und tatsächlich, da ist er auch schon wieder. Gerade erklärt er einem sympathisch unaufgeregten Klaus Kleber, dass es früher oder später zum Krieg zwischen Schiiten und Sunniten kommen würde, wenn die US-Amerikaner ihre militärischen Einsätze in der Golfregion ausweiten sollten. Der Krieg zwischen diesen moslemischen Gruppierungen ist einer der ältesten der Menschheit, erfahre ich. Na dann Prost. Ich setze ein Feuerzeug am Kronkorken der Kölschflasche an, der mit mächtig Dampf gegen die Zimmerdecke schießt. Wie präzise Latour die zukünftige weltpolitische Entwicklung voraussagt, kann zu diesem Zeitpunkt natürlich noch niemand wissen. Wenn ich durch die Nachrichtenkanäle zappe, überschlagen sich die Newsticker einschlägiger Sender immer noch mit Schlagworten wie „America under Attack" oder „America Strikes Back" oder anderem USA, USA über alles, „Land of the Brave"-Scheiß.

Der Mandelkern ist so etwas Ähnliches wie der Paniknewsticker im menschlichen Gehirn. Auf diesem Privatsender wiederholen sich an diesem Abend meine ganz persönlichen Horrormeldungen: Mein Kühlschrank ist leer. Wie komme ich morgen zum Flughafen? Warum bin ich so ein einsamer Mensch? Habe ich eigentlich Bock auf diesen Job? Und wofür habe ich dann studiert? Endlosschleife.

Einige Tage später gelingt mir eine weitere Schwarzfahrt zum Flughafen, die ich zum Teil auf der Zugtoilette verbringe, ohne Zwischenfall. Ich sitze gemeinsam mit 20 anderen zukünftigen Chefkontrolleuren in einem Seminarraum. Der Raum liegt in einem Seitentrakt des Flughafens mit erhöhter Sicherheitsstufe. Der Seminarleiter Martin, den alle duzen dürfen, berichtet uns gerade mit durchschimmernder Emotionalität vom 11. September am Köln/Bonner Flughafen. Natürlich herrschte hier der absolute Ausnahmezustand, wie wohl an jedem anderen Flughafen eines Nato-Staates an diesem Tag auch. Hier reagieren Sicherheitsbedienstete auch in Friedenszeiten äußerst sensibel auf potentielle Bedrohungen. „Aber an diesem Tag war hier die Hölle los", erklärt uns Martin. Sämtliche Transatlantikflüge wurden eingestellt. Die israelische Fluglinie El Al war natürlich von allen Flughäfen ausgeschlossen (die dürfen auch an gewöhnlichen Tagen nur landen, wenn ein Panzer zum Schutz bereitsteht). „Niemand wusste, was kommt! Wir haben mit dem Beginn eines Krieges gerechnet." Der ja auch eingetreten ist, aber das sage ich nicht. Will mich nicht gleich unbeliebt machen.

Martin ist wirklich ein ziemlich cooler Typ und ein guter Lehrer. In den nächsten Wochen erfahre ich eine Menge über Luftfahrtsicherheitsgesetze, Gefahrenstoffe und wie man sie auf dem Röntgenbildschirm der Sicherheitskontrolle erkennt. Ich erlerne die wahnsinnig ausgeklügelte Hand-folgt-Sonde-Technik zum Abtasten der Fluggäste und anschließend, dass das alles kaum Sinn macht, weil selbst jemand mit einem Kugelschreiber ein Flugzeug entführen kann. Eigentlich braucht man nur zu behaupten, man habe eine Bombe an Bord, und schon gehört der Flieger erstmal dir. Auch ein paar Profiling-Tricks lernen wir, z. B. wenn ich etwas über ein unbekanntes Gegenüber erfahren will, dann muss ich ihn spiegeln (da war doch was in meinem Studium ...). Jeden Tag bin ich pünktlich am Airport. Mittlerweile habe ich eine Mitfahrgelegenheit gefunden. Eine zukünftige Kollegin, die genauso wie ich ständig pleite ist. Aber irgendwie schaffen wir es, in der Mittagspause immer unseren Kaffee zu bezahlen, und die Aussichtsterrasse verliert nie ihren Reiz für mich. Ich mag die Arroganz gegenüber der banalen Wirklichkeit, die hier die Atmosphäre schwängert. Nicht verwunderlich, wenn ich an die Banalität meines törichten, begrenzten Lebens denke.

Als der Tag der Abschlussprüfung beim Düsseldorfer Zoll gekommen ist, bin ich in den letzten Tagen wohl einer banalen Arroganz erlegen, denn ich habe kein Stück gelernt. Man könnte auch sagen, dass ich stinkfaul war und stattdessen meine Zeit lieber mit Dosenbier und Nachrichten verbracht habe. So rasselt der Herr Sozialpädagoge dann auch durch die Prüfung, knapp, aber die ganzen letzten Wochen waren nun völlig für den Arsch. Unseren Prüfungsleitern gegenüber werde ich dann auch noch verbal ausfällig. Ziemlich peinliche Vorstellung, an die ich wirklich nicht mehr denken möchte. Nur die Liebe zu Flughäfen ist geblieben. Mein Traum von Freiheit ist stärker als alle Newsticker und Gesetze dieser Welt.

5

GEBURTSVORBEREITUNGEN OP KÖLSCH

Anke Breuer

In der Südstadt zu leben, bedeutet auch Verantwortung! So wie du nicht in einem echten Pelzmantel durch das vielleicht alternativste Veedel Kölns marschieren kannst, ohne die böse Häme der Umweltaktivisten schmerzlich zu spüren, oder deinem Kind zur Schonung deiner eigenen Nerven nicht einfach einen Schokoriegel ins Plappermaul stopfen kannst, ohne den ellenlangen Moralpredigten der selbsterkorenen Superbiomüttern zuhören zu müssen, so kannst du dich als Schwangere in der Südstadt auch nicht schlicht zur Geburt in irgendeinem Krankenhaus um die Ecke anmelden, um es hinter dich zu bringen. Nein! Weit gefehlt! Möchtest du nicht, dass dein Kind später zu einer Randgruppe gehört, weil es sagen muss, dass es außerhalb Kölns oder gar auf der anderen Seite Kölns, auf der Schäl Sick, geboren wurde, oder möchtest du auch nicht deine Elternzeit alleine verbringen, weil du die einfachste Geburtslösung vorgezogen hattest, dann meldest du dich selbstredend im Südstadt-Klösterchen zur Niederkunft an! Und leider reicht der pure Kraftakt einer Geburt unter der Aufsicht von Hebammen und Ärzten, deren Sprache du nicht verstehst, weil Kölsch in Stresssituationen noch unverständlicher ist als sonst, nicht. Nein. Schon die Geburtsvorbereitungen im Klösterchen stellen eine echte Herausforderung dar. Atem-Pilates. Muttermund-Yoga. Still-Trockenübungen. Erniedrigungen schon Wochen vorab. Damit der völlige Kontrollverlust im Kreißsaal nicht mehr so krass ist. Stetige Gehirnwäsche im Vorlauf lässt dich schließlich glauben, dass Globuli Wehenschmerzen tatsächlich lindern. Dabei leidest du nur unter einem Zuckerschock. Ich stehe all das durch. Möchte meinem Kind die Zukunft nicht versauen. Meine Hoffnungen, in diesen Kursen nette Frauen kennenzulernen, schwinden von Mal zu Mal. Ich bin wohl mit nicht ganz so viel Hingabe und Leidensfähigkeit gesegnet. Schwanger in Köln nervt. Zum Glück ist meine Hebamme ein Imi und kommt aus Bergheim. Ein Vorort Kölns. Sie ist so viel bodenständiger als die Südstadt-Bohème. Vielleicht, weil man dort noch wortkarg Hühner schlachtet und rupft, statt fertige Bio-Hühner im Bio-Supermarkt zu kaufen und dann stundenlang darüber zu sinnieren. Irgendwann nimmt jedenfalls auch die längste und gesellschaftlich anstrengendste Südstadtschwangerschaft ein Ende. Ich frage meine Imi-Amme, ob und vor allem wie ich dann merke, wann es so weit ist. Der gängige Spruch lautet:

„Das wirst du schon merken!" Offensichtlich ist das auch auf dem Land bei den Hühnerrupfern in Bergheim das gängige Prozedere. Wenn ich das meinen neu-, nicht liebgewonnenen, Bohème-Freundinnen erzähle! Ich höre sie schon raunen: „Oh, mein Gott!" Fast so, als hätte ich ihnen gestanden, dass ich Fertig-Backmischungen nutze und manchmal verbotenerweise ganz tief den Zigarettenqualm meines Nachbarn einatme, wenn ich mich niemand mit meiner Kugel auf meinem Balkon beobachten kann. Jedenfalls „merke ich es dann irgendwie" eines Nachmittags. Vielleicht ahnend, dass ich so schnell nicht wieder Zeit und Nerven haben werde, in Ruhe zu duschen, mich zu schminken und mir die Haare zu föhnen, hole ich das Äußerste aus meiner Vorgeburtswellnessaktion heraus. Voll aufgebrezelt rufe ich mir ein Taxi, schnappe mir meine Tasche, die ich kurz nach der Befruchtung auf Mutters Geheiß bereits hatte packen müssen, „man weiß ja nie, Kind", und stelle uns erwartungsvoll auf die Straße. Also die Tasche und mich, denn „wir" haben nicht vor, gemeinsam Zähne zu bekommen. Ich habe schon vor der Geburt meiner Tochter alle Zähne bekommen. „Wir" werden auch nicht gemeinsam in die Hose kacken, denn ich bin schon vor der Geburt meiner Tochter sauber geworden. Das Taxi hält. Ich steige ein. Eines meiner liebsten Hobbys, denen ich während der Taxifahrten fröne, ist munteres Nationalitätenraten. Und ich bin unschlagbar! Nur einmal hielt ich einen Afghanen für einen Albaner. Aber mit Verlaub! Das war schon ein ziemlich hohes Level! Ich bin noch nicht richtig

angeschnallt, da möchte ich mit dem Raten starten, als der Fahrer sagt:
„Hallo! Ui, Sie sind aber toll schwanger!"
Ich denke, Mist, wohl erst Small Talk, dann spielen und sage: „Ja, hallo, ich bin super toll schwanger und bekomme tatsächlich ein Kind."
Er lacht.
„Ja, das ist nicht zu übersehen! Wo möchten Sie denn hin?"
„Wissen Sie, ich meine, ich bekomme jetzt ein Kind und möchte bitte ins Klösterchen."
Bei so viel Interesse des Persers, er ist bestimmt einer, an meiner supertollen Schwangerschaft, denke ich, er freut sich bestimmt, das zu hören, als er plötzlich vor Schreck die Kupplung loslässt, so dass das Auto einen Satz nach vorne macht. Und er panisch ruft:
„Ohhh, mein Gott, wir bekommen ein Kind! Jetzt!"
Ich möchte gerade ausholen und meinen Wir-bekommen-keine-Zähne-Monolog herunterleiern, als mich ein jäher Schmerz auf den Boden der Tatsachen zurückholt. Ich schreie zurück:
„Ja, wir bekommen ein Kind. Jetzt. Und jetzt bitte schnell!"
Der Taxifahrer gibt Gas. Vollgas. So schnell werden wir wohl kein Kind bekommen, aber ich halte meine Klappe. Normalerweise kann man in der Südstadt maximal 50 km/h fahren, ohne auf offener Straße erschossen zu werden, aber gegen diesen Herrn käme jetzt ohnehin keine Kugel an. Er rast in Höchstgeschwindigkeit durch

Gassen, die ich noch gar nicht kannte, fährt vorbei an Stoppschildern, über rote Ampeln, über Katzen, Hunde, Menschen. Fast. Wann immer jemand oder etwas im Weg steht, ruft er wild aus dem Fenster:
„Aus dem Weg! Wir bekommen ein Kind!"
Ich möchte ihm sagen, dass wir vielleicht kein Kind bekommen, wenn wir auf den 3 km ins Klösterchen vorher über den Jordan gehen, aber er hört nicht zu. Er redet und redet. Aufgeregt. Aufgelöst. Aufgedreht. Als wir am Chlodwigplatz vorbeifahren, möchte ich ihn bitten, kurz an der Bäckerei zu halten. Ich hätte gerne flugs noch eine Henkersmahlzeit gekauft, wobei ich mich frage, ob Henkersmahlzeit aufgrund des nahenden Todes oder aufgrund der zukünftig fehlenden Zeit für gemütliche Kaffeerunden, aber ich komme nicht dazu. Denn zwei Wehen weiter bleiben wir ziemlich abrupt direkt vor dem Pförtnereingangsfensterchen des Klösterchens stehen. Dort, wo Autos an sich nicht erlaubt sind. Unerheblich. Ich will mich von meinem Sessel lösen, den ich in Todesangst umklammert habe, als mein Perser sich meine Tasche schnappt, mich wieder in den Sitz drückt, aus dem Auto springt und dem Pförtner zuruft:
„Wir bekommen ein Kind! Schnell! Helfen Sie der Frau!"
Mein Perser, oder ist er doch ein Iraker?, ist persönlich beleidigt, als der Pförtner gelassen sagt:
„Vermutlich, der Herr. Das hier ist eine Geburtsklinik. Dann kommt mal rein."
Es kostet mich einige Mühe, meinen Perser davon abzuhalten, nicht mit in den Kreißsaal zu kommen. Bezahlen

muss ich die Fahrt nicht. Er hatte vergessen, die Uhr einzustellen. Aber das sei ja jetzt nun wirklich nicht wichtig, plappert er aufgeregt.
„Ja", sage ich, „ich weiß, wir bekommen schließlich ein Kind!"
Ihnen, lieber Leser, sei zu guter Letzt gesagt: Es hätt noch immer joot jejange! Ach, und übrigens: Kind und Taxifahrer sind wohlauf!

KÖLSCHER KLÜNGEL ÜBERALL
Anke Breuer

Sie wird jetzt sechs. Sechs Monate. Zeit, wieder etwas für mich zu tun. Mein Kopf dümpelt vor sich hin. Innerlich. Äußerlich habe ich es immerhin innerhalb der letzten sechs Monate seit ihrer Geburt einmal zum Frisör geschafft. Es war ein Fest sondergleichen. Ich quetsche mich feierlich in eine Jeans, die mir vor der Schwangerschaft nur mit drei Kilos über meinem sogenannten Wohlfühlgewicht passte. Offizielle Angabe. Versteht sich. Vor der Schwangerschaft war ich sauer, wenn mir diese Hose nur gerade so passte. Bei meinem ersten Gang zum Frisör nach der Geburt hingegen freute ich mich, weil mir immerhin diese Hose gerade so passte.
Jetzt aber ist es an der Zeit, auch meinen Innereien Gutes zu tun. Mein Hirn braucht Dung. Futter. Erwachsenenansprache. Als sprachlich Ausgebildete und vor allem Sprachliebhaberin beschließe ich, wieder Bulgarisch-

unterricht zu nehmen. Wie in alten Zeiten. Als ich in Bulgarien lebte und arbeitete – in genau dieser Reihenfolge. In der Hauptstadt. Sofia. Mein Sofia. Schon bevor ich nach Sofia zog, lebte ich in Köln. Und arbeitete in Düsseldorf. Liebte beide. Köln und Düsseldorf. Die beiden, die sich so hassen. Nachdem mich mein damaliger Arbeitgeber fragte, ob ich für einige Jahre in Bulgarien arbeiten möchte, fiel meine Entscheidung, die Koffer zu packen, nach nur zwei Tagen. Was für eine Chance!
Kölsches Laissez-faire und die Düsseldorfer Eleganz hatten mich bereits auf Bulgarien vorbereitet. Hätte ich aus Bielefeld nach Sofia rübergemacht, wäre mein Leben dort vielleicht anders verlaufen. Mit der Kölschen Art zu leben aber, war ich dort bestens aufgehoben.

Direkt an meinem ersten Tag in Sofia nahm mich meine bulgarische Kollegin Milena unter ihre Fittiche. Sie ist Bulgarin, aber wuchs in Wien auf. Ihr Bruder lebt in Bonn. Sie kennt alle Seiten. Und war mir eine unbezahlbare Hilfe in Sachen Zwischen-den-Zeilen-Verstehen. Aber sie ist nun einmal auch Bulgarin, also war der zweite Satz, den sie nach der Tageszeit zu mir sagte:
„Anke, du bist jetzt meine Freundin. Und dadurch hast du ganz viele Freunde. Im ganzen Land."
Ich gestehe, dass mir dieser Satz am ersten Tag in der ersten Stunde meines Aufenthalts in einem neuen Land ordentlich Respekt einflößte. Im Laufe der Jahre aber verstand ich ihn. Den Satz, der einer Szene aus dem Film „Der Pate" glich und zugleich den Kölschen Klüngel

geradezu perfekt beschrieb. Ich lernte, damit umzugehen, damit zu arbeiten, damit zu spielen.
Ich überlege. Seit zwei Jahren lebe ich nun wieder in Köln. Habe immer noch viel Kontakt zu meinen Sofiotern. Aber für Bulgarischunterrichtsstunden per Video-Chat fühle ich mich definitiv zu alt. Ich schnappe mir meine Handtasche. Meine Handtasche, die auch in Köln niemals mehr auf dem Boden steht, da mich der bulgarische Aberglaube lehrte, dass das Unglück brächte. In Köln fährt an fast jeder Haltestelle ein Bus zur Uni. Die Universität zu Köln. Sie ist eins der Kölner Herzstücke. Ein hässliches, aber geliebtes Stück Herz. Aus Asbest. Verteilt auf mehrere Viertel. Durch verschiedene Parks getrennt. Unterschiedlichste Fakultätskämpfe ausfechtend. Ein Herz. Wie es leibt und lebt. Ich steige aus. Slawisches Institut. Ich bin zum ersten Mal hier. Hätte mir denken können, dass meine Osteuropäer sich ein schönes Herzstück ausgesucht hatten. Geräumiger Altbau. Helle Fassaden. Hohe Fenster. Hölzerne Türen. Lange Flure. Gepflegter Vorgarten. Kieseliger Weg. Rotes Emailleschild. Beschrieben in lateinischer und kyrillischer Schrift. Deutsch. Russisch. Bulgarisch. Polnisch. Tschechisch. Slowakisch. Im Fenster neben der Türe steht eine Matroschka aus Holz. Was sonst. Das Paris des Ostens. Inmitten Kölns.
Ich hole tief Luft. Denke an Vergangenes. An meine Altbauwohnung in Sofia. An den eigentümlichen Geruch. An die dunklen Flure. An den morbiden Charme. Ich träume. Eine Dame tippt mir vorsichtig auf die Schulter.

„Guten Tag! Kann ich Ihnen helfen?"
Sie spricht mit einem Akzent. Keinen Kölschen. Eine Mischung eher. Aus Vielerlei.
„Ja, hallo, ich möchte gerne die zuständige Person für den Fachbereich Bulgarien sprechen. Oder wie immer man es nennt."
Sie lächelt. Sieht mir offensichtlich nach, dass ich ebenso offensichtlich nicht vom Fach bin. Obwohl ich vermutlich deutlich mehr „vom Fach bin" als die meisten ihrer Kölschen Studenten.
„Gerne. Zimmer 5. Herr Professor Kemerov. Bitte sehr."
Sie lächelt noch immer und schubst mich sanft in Richtung Zimmer 5. Der Kölner ist deutlich anfassfreudiger als der gemeine Deutsche, aber so oft wie in der letzten Minute bin ich lange nicht mehr von Fremden berührt worden.
„Wir Bulgaren haben ein völlig anderes Distanzverhalten als ihr", höre ich die Worte meines bulgarischen Kollegen noch immer in meinen Ohren. Als sei es gestern gewesen.
Zimmer 5. Auf dem Schild steht „Prof. Dr. Georgi Kemerov". Ich klopfe. Ein Herr öffnet.
„Stravei, ja, bitte?"
Graues Haar. Altmodischer Anzug. Krawatte locker. Oberster Hemdknopf geöffnet. Auch das kommt mir bekannt vor. Die Kleideretikette ist in Bulgarien nicht so wichtig. Dafür ist es dort zu heiß. Hier allerdings nicht. Ich fühle mich immer wohler. Immer stärker erinnert. Herr Professor Kemerov berührt leicht meinen

Arm, und wieder werde ich freundlich und leicht in eine Richtung geschubst. Hinein ins Zimmer 5. Als hätte man mich erwartet, denke ich. An der Wand hängt eine bunte Wandkarte des alten Bulgariens. Zum Ausrollen. Eine Kanne Tee steht auf seinem Schreibtisch. Direkt auf einer ledernen Schreibtischunterlage, auf der sich die Abdrücke verschiedener Wörter eingebrannt haben. Zimmer 5 erscheint nahezu wie aus einem anderen Jahrhundert. Der neue Laptop im Raum wirkt in diesem Zusammenhang nahezu skurril. Ich erkläre ihm, wer ich sei, dass ich gerne privaten Bulgarischunterricht nehme, und ob er mir einen Studenten an die Hand geben könne. Mein bulgarischer Professor strahlt. Jetzt nimmt er meine beiden Hände. Hält sie in die Luft. Und sagt:
„Anke! Ich habe schon so viel von Ihnen gehört! Ich habe einen Freund in Sofia, dessen Freund …"
Ich hätte es mir denken können. Er bietet mir einen Tee an. Und türkische Teigwaren. Wir reden noch lange und ausgiebig über damals, über jetzt, über Sofia, über Köln. Als ich gehe, halte ich Sofias Emailadresse in der Hand. Sofia. Wie passend. Meine neue Bulgarischlehrerin. Georgis Studentin aus dem letzten Slawistiksemester.
Wir freunden uns an. Sofia und ich. Sofia schafft es, mich in Bulgarisch zu unterrichten, gleichzeitig meinen Säugling zu unterhalten, dabei Tee zu trinken und mir von Bulgarien zu erzählen. Da sie jetzt meine Freundin ist, hat sie ganz viele Freunde. In ganz Köln.
Sofia lebt jetzt in Skopje. Und vermisst Köln sehr. Und ich bin mir sicher, dass ich jetzt auch sehr viele Freunde

in Mazedonien habe. Die ich nicht kenne. Aber die mir vermutlich jederzeit zur Seite stünden.
Kölsch-Bulgarischer Klüngel. Über Grenzen hinweg.

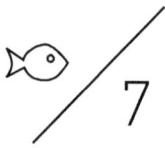

SEELENWANDERUNG
Oliver Kreuz

Eine erschlagende Luftfeuchtigkeit empfängt mich, als ich die klimatisierte Praxis verlasse. Im August 2015 wedelt ein erbarmungsloser Föhn diese Tropenhitze übers Mittelmeer zu uns nach Deutschland, wo sie sich über der Kölner Bucht niederlässt wie eine riesige, brütende Vogelspinne. Sofort überkommt mich wieder diese Schwere, die meine Reinkarnationstherapeutin innerhalb der letzten Stunde wenigstens kurzfristig von mir nehmen konnte. Es gibt in Merheim nichts Außergewöhnliches, außer einer sehr beliebten Schamanin und einer äußerst hohen Population an Ratten, die weniger beliebt ist.
Ausgerechnet Ratten spielten aber eine wichtige Rolle in meiner heutigen Rückführungssitzung. Nachdem die Schamanin mich über die lange Himmelstreppe auf den großen, weißen Platz zu einer antiken Türe geführt hatte,

begrüßte mich eine Horde von Ratten dahinter. Eine stinkende Gasse voller Ratten entlang schoss ich mir den Weg mit meiner Armbrust frei. Je weiter ich mich vorankämpfte, begleitet vom lauten Quieken der Ratten, die meine Bolzen zu spüren bekamen, desto klarer offenbarte der Schauplatz eine mittelalterliche Kulisse. Die Rattenhorde wurde schließlich übermächtig, so dass ich zu hyperventilieren begann, und meine Schamanin rasch die Rückkehr ins Hier und Jetzt einleitete.

Nun ist es nicht so, dass ich tatsächlich an Seelenwanderung glaube. Ich halte diese Reinkarnationskiste für ebenso wahrscheinlich wie den Weltfrieden. Meine heutigen Erlebnisse im Reich der Phantasie waren besonders leicht nachzuvollziehen. Seit ungefähr einem Jahr habe ich nämlich ein neues Hobby: Rattenjagd in der Merheimer Heide. Zwei bis drei Mal die Woche treffe ich mich dort mit zwei Altpunks, die in der Nähe eine Kommune gegründet haben. Nette Leute, aber wirklich völlig fertig. Manu steht mir am nächsten aus dieser Clique von rebellischen Veteranen. Sie tut mir leid. Niemals zuvor habe ich so einen verlorenen Blick bei einem Menschen gesehen. Sie muss den letzten Rest Lebendigkeit auf irgendeiner LSD-Party in den 80ern ausgehaucht haben.

Mit Manu und Jens alias Klobürste lege ich mich gegen Abend also mal wieder auf die Lauer. Wir haben alle drei eine Armbrust und alle das gleiche Modell: Jaguar xbow-compound mit 175 lbs Zugkraft. Für das Originalmodell aus „The Walking Dead" hat der Geldbeutel nicht gereicht, aber mit der Jaguar kann man notfalls auch größere Raubtiere erlegen. Keiner sagt ein Wort. Wir wenden das Auge nur ab und an von der Zielvorrichtung weg, um einen Schluck aus der Kölsch-Dose zu trinken. Ich habe 16 Bolzen dabei und bin fest entschlossen, alle zu versenken, bevor die Nacht hereinbricht.

„Ich bin der Gott des Gemetzels", entfährt es mir leise und bringe damit sogar Manu einmal zum Lachen. Da kreuzt auch schon das erste Opfer unseren Weg. Ein Einzelgänger, aber ein wahres Prachtexemplar von der Größe eines Yorkshire Terriers. Die roten Punkte unserer Laserzielvorrichtungen tanzen auf dem Körper des riesigen Nagers auf und ab. Wer zuerst kommt, malt zuerst, denke ich und drücke den Abzug. Volltreffer! Doch bevor ich meinen Meisterschuss bejubeln kann, passiert etwas höchst Seltsames. Plötzlich stehe ich wieder in der Gasse, in welche mein mittäglicher Ausflug in der Schamanenpraxis mich geführt hatte. Panik erfasst mich, denn ich weiß nicht mehr, wer ich bin, doch einen Augenblick später weiß ich es plötzlich ganz genau.

Mein Name ist Max alias „Max, das Wiesel". Wir schreiben das Jahr 1804, und ich bin zwölf Jahre alt. Mit der Jagd auf Mäuse und Ratten verdiene ich gerade so viel, dass ich nicht verhungern muss. Mal steckt man mir ein paar Heller zu, mal auch nur Pfennige oder ein Stück Brot. Am großzügigsten ist immer der Merheimer Pfarrer, von dem ich vor zwei Wochen 1 Kölnische Mark bekommen habe. Das war der schönste Tag in meinem Leben. Eine ganze Woche lang konnte ich mich davon

ernähren. Es reichte sogar aus, um meinen beiden Freunden, Janus und Phillip, sieben Tage lang ein ordentliches Frühstück zu bereiten.
Sehr oft stehlen wir Straßenkinder unser Essen von den umliegenden Bauernhöfen oder ernähren uns von Katzen, Hunden, Mäusen und Ratten. Manchmal erwischen wir mit unserer ausgemergelten Armbrust sogar eine Ente oder eine Taube. Wenn die Rattenjagd genug einbringt, um Essen zu kaufen, nutzen wir die Gelegenheit, um Höfe für unseren nächsten „Raubzug" auszuspähen. Zurzeit haben wir unser Lager weit vor den Toren Kölns aufgeschlagen. Als Napoleon vor sechs Jahren das Rheinland eroberte, richtete der Chef der Schwadron seinen Hauptsitz in Köln ein. Seitdem wimmelt es in der Stadt von Militär-Gendarmerie. Wir wollen keinesfalls zurück in eine Wanderarbeitsstätte oder in das Waisenhaus, wo man uns zwölf Stunden schuften lässt. Ob am Webstuhl, beim Rübenziehen oder im Kabelwerk. Kinder ab acht Jahren werden für Fronarbeit eingesetzt. Sie können zwar nicht alle Bettelkinder einfangen, aber die Gefahr ist zu groß. So haben wir uns nun unweit des alten Merheimer Rittergutes einen kleinen Holzverschlag gebaut, der zwar nicht zum Überwintern taugt, aber fürs Erste ausreicht. Gut geschützt in einer Mulde zwischen zwei Buchen mit Gras und Erde getarnt wird den Unterschlupf so schnell kein Jäger bemerken, wenn wir vorsichtig sind. Das nahegelegene Rittergut, welches noch vor meiner Geburt die Familie Eltz-Rübenach in Besitz genommen hat, stellt keine größere Gefahr dar.

Was mir eher Sorgen bereitet, ist die Krätze. Die Rattenbisse an meinen Waden haben sich entzündet, und die Milben bohren ein ganzes Tunnelsystem in meine Beine. Natürlich habe ich Janus und Phillip gleich damit angesteckt. Das einzige, was wir auftreiben konnten, um uns etwas Linderung zu verschaffen, ist Essig. Dafür hängt nun eine ätzsauere stinkende Wolke über unserem Lager, dass wir vielleicht doch bald abhauen müssen. Aus diesem Grund riskieren wir es heute Abend auch, ein Feuerchen unweit der Hütte zu machen. Über dem Feuer brutzeln drei Ratten am Spieß, und wir haben einen Krug voll mit Bier. Die Stimmung ist gut. Trotzdem flüstern wir. Janus ist dreizehn und Phillip zehn Jahre alt. Sie sind beide Kinder aus einem Findelhaus. Ich bin der Einzige, der seine Eltern kennengelernt hatte. Mein Vater und meine Mutter verstarben kurz nacheinander, als ich sieben Jahre alt war. Vater war ein protestantischer Prediger, was es im Rheinland bei all den Katholiken nicht häufig gibt. Der liebe Gott hatte leider kein Ohr für ihn, als er an Lungentuberkulose erkrankte, und meine trauernde Mutter ereilte als Strafe für ihre Schwarzgalligkeit die Pocken.

Janus erzählt uns, dass heute ein amtlicher Ausrufer im Dorf war. Das Feuer spiegelt sich in seinen glänzenden Augen, als er uns mit leicht erhobener Stimme berichtet: „Napoleon kommt! Napoleon Bonaparte, der Kaiser der Franzosen und nun auch unser Kaiser. Der berühmteste Mann der ganzen Welt wird Köln besuchen. Seine bezaubernde Gattin Joséphine de Beauharnais wird ihn begleiten!" Schosefien de Bä-Bä Bärnääs. Da Janus stottert, geht die französische Aussprache natürlich nur äußerst zäh über seine Lippen und wie immer, wenn er sich anstrengt, zuckt seine rechte Gesichtshälfte. Doch Phillips und meine Blicke kreuzen sich schielend. Wir sind schon etwas neidisch darauf, dass Janus bei dieser Ankündigung zugegen war. Gleichzeitig sind wir aufgeregt wie junge Welpen. Denn obgleich die kaiserliche Gendarmerie uns das Leben in der Stadt erschwert hat, genießt Napoleon ein gottgleiches Ansehen. Die Rheinländer verehren ihn umso mehr, weil er der Region endlich Frieden beschert hat. Außerdem hat er den Kult der Vernunft eingeführt. Zumindest in der gebildeten Oberschicht erntet er dafür viel Beifall. Bis sich der Revolutionskult, der Culte de la Raison, im Volk verbreiten wird, dauert es noch lange, aber die Macht der Kirche wurde zumindest geschwächt.

Am nächsten Morgen besorge ich uns gleich die aktuelle Ausgabe der „Kölnischen Zeitung". Obwohl ich nie eine richtige Schule besucht habe, kann ich ganz gut lesen. Die ersten ganzen Sätze, die ich lesen konnte, waren die zehn Gebote. Für jeden neuen Satz, den ich fehlerfrei lesen konnte, bekam ich ein Stück Zucker von meinem Vater. Wenn ich zu lange stotterte, prügelte er mir die Nächstenliebe mit der Rute ein.

„Los, lies schon vor!", fleht Phillip mich an, als ich die Zeitung vor uns ausbreite. Schon in drei Tagen wird es so weit sein. Am Abend des 13. September 1804 wird Napoleon und Josephine ein großer Empfang am Eigelsteintor bereitet werden. Alle „Neufranzosen" sind dazu aufgerufen, das Kaiserpaar zu bejubeln.

Wir sind fest entschlossen, uns zu diesem Ereignis in die Stadt zu wagen. Am großen Tag schnüren wir bei Sonnenaufgang unsere Bündel. So haben wir genug Zeit für den Zehnkilometermarsch und können vielleicht sogar noch den ein oder anderen Bürger um ein paar Groschen erleichtern. Die fliegende Brücke, eine Gierfähre in Deutz, wird uns zusammen zwölf Pfennige kosten, aber das können wir zusammenkratzen.

Zuerst begegnet uns der Merheimer Pfarrer, als wir an der Gereonskirche vorbeigehen. Janus hat immer Angst, dass er uns ins Waisenhaus steckt, aber ich beruhige ihn, denn der alte Herr ist nicht so grausam wie die meisten anderen Pfaffen. Er lächelt uns sogar zu und begrüßt uns freundlich. Weil er immer noch heilfroh ist, dass ich seine Krypta von den Ratten befreit habe, veranlasst er seine Dienerin, unsere Trinkbeutel mit Milch zu füllen. „Ich bin der Gott des Gemetzels", und als ich es sage, lachen wir alle drei zufrieden. Nun treten wir die Wanderschaft nach „Ville de Cologne" an, wie es jetzt offiziell heißt.

Wir halten uns von den Hauptwegen fern, womit wir sicher gehen wollen, dass uns keine Polizisten oder Soldaten in die Quere kommen. Stattdessen gehen wir querfeldein, wo man im schlimmsten Fall auf eine Räuberbande trifft. Was könnten die uns schon nehmen. Sie werden uns kaum die Lumpen vom Leib reißen. Die feuchtwarme Luft begünstigt allerdings riesige Mücken-

schwärme, die uns unaufhörlich nerven. Wir lassen uns die Laune nicht vermiesen. Ich erzähle meinen Freunden, was sonst noch so in der Zeitung stand. Der deutsche Astronom K. L. Harding hat den Asteroiden Juno entdeckt. Das finde ich besonders spannend.
„Wa-wa-wa-was ist ein A-A-A-steroid?" Janus stößt die letzten Silben immer besonders schnell, aber dafür zusammenhängend hervor.
„Das ist ein Himmelskörper", sage ich fachmännisch.
„Wa-wa-wa ..."
Seine rechte Gesichtshälfte flattert wie ein Akkordeon. Ich komme Janus mit meiner Antwort zuvor.
„Das ist so etwas Ähnliches wie der Mond", sage ich.
„Nur viel k-k-kack-kleiner!"
Phillip lacht sich kaputt, weil ich Janus nachäffe, aber schließlich lachen wir alle drei. Wie gut es ist, Freunde zu haben in dieser gottverlassenen Welt, denke ich und bekomme sofort ein schlechtes Gewissen, weil ich den Herrgott in Gedanken gelästert habe. Eigentlich ist die Astronomie dem Volk noch lange nicht geheuer und auch so etwas wie Gotteslästerung. Galileis Hinrichtung ist zwar schon über 100 Jahre her, aber der Vatikan ist weit davon entfernt anzuerkennen, dass die Erde rund ist.
„Wieso nennt er ihn Juno, wenn er ihn doch im September entdeckt hat?", stellt Phillip fragend fest.
Ich zucke mit den Schultern.
„Vielleicht hat er ihn schon im Juni entdeckt."
Wir sind nun schon kurz vor Deutz und völlig fertig. Die Milch ist längst leer, und wir haben nur noch einen Beutel

mit Wasser. Gezwungenermaßen weichen wir von Feldwegen auf Straßen aus, und immer mehr Menschen begegnen uns. Kutschen klappern über das Pflaster, der Häuserwald wird dichter und der Gestank kündigt an, dass wir der Stadt nun ganz nahe sind. Dann ist er da. Vater Rhein. Für uns das Tor zur Welt. Die Lebensader einer ganzen Region. Siegergewässer der Franzosen! Handelssegler treiben wie müde Schwäne gemächlich dahin. Über den Mauern der Stadt ragen unzählige Kirchturmspitzen empor, so als könnten sie den Himmel tragen.

Wir sind durstig, müde und verschwitzt, als wir uns nahe dem Fährhaus ans Ufer setzen und das Panorama bewundern. Schließlich halte ich es nicht mehr aus und fülle meine Wasserflasche mit schmutzigem Rheinwasser auf, das man allerhöchstens verdünnt trinken sollte. Ich wasche mir Gesicht und Hände und eine frische Brise trocknet meine Haut. Die Lebensgeister erwachen wieder. Janus und Phillip tun es mir gleich, und dann schicken wir Phillip los, um etwas Brot zu besorgen. Er bahnt sich flugs einen Weg durch den Menschenauflauf und ist im Handumdrehen mit einem halben Laib Brot wieder bei uns, den er „gefunden" hat. „Der Kater lässt das das Mausen nicht", sage ich grinsend und klopfe ihm auf die Schulter.

Ein wenig später legt auch schon unsere Fähre an. Der Andrang ist so groß, dass wir das Gewühl nutzen, um hindurchzuschlüpfen und so unsere Pfennige für einen Krug Bier aufsparen zu können. Die Sonne steht bereits

auf vier Uhr, als wir das andere Ufer erreichen. Mir schwant nichts Gutes, als ich zwei lange weiße Federn entdecke, die sich über die Köpfe der Menschenmenge erstrecken. Und dann sehe ich sie: Zwei Gendarmen, die sicher genau nach Burschen wie uns Ausschau halten. Mit einem alten, aber wirkungsvollen Trick befreien wir uns aus der Bredouille. Als wir auf etwa gleicher Höhe der Gendarmen sind, nehmen wir einfach einen Erwachsenen an die Hand, und bevor die Überrumpelten etwas sagen können, sind wir schon um die nächste Ecke. Zwecklos, uns an diesem Tag zu suchen. Köln platzt aus allen Nähten. Der Heumarkt hat sich heute in einen Jahrmarkt verwandelt. Es herrscht Volksfeststimmung. Neben den einheimischen Händlern und aus der Ferne angereisten Kaufleuten gibt es eine große Anzahl von Schaustellern, Gauklern, Quacksalbern, Moritaten- und Bänkelsängern, Seiltänzern sowie Marionettenspielern. Größer noch als unsere Glotzaugen ist unser Hunger, weil ein Meer aus Wohlgerüchen über den Heumarkt zieht. Wir bemerken kaum, dass viele Passanten die Nase über uns rümpfen. Das Einzige, was mich jetzt interessiert, sind Spießbraten und Bier!
Unsere Taschen sind leer und der Hunger groß, also beschließen wir, uns ein leichtsinniges Opfer mit fettem Geldbeutel zu suchen. Die Auswahl ist groß an diesem Tag. Die Oberschicht hat sich unters Volk gemischt, und wir riechen eine fette Börse. Eine große Menschentraube sammelt sich vor einem Karussell. Auch eine fein gekleidete Familie möchte ihre entzückenden Mädchen

auf den Holzpferdchen reiten lassen. Ein dürrer, großer Herr in Frack und Zylinder ist dumm genug, die Schnüre seiner Geldbörse aus der Anzugtasche herausragen zu lassen. Als sich das Rad in Bewegung setzt und die Kinderchen glücklich strahlen, klatscht er freudig in die Hände. Dann geht es blitzartig schnell. Wir sind eine eingespielte Bande. Phillip rempelt den Herren von links an und entschuldigt sich, während Janus den tadelnden Bruder mimt und Phillip eine scheuert. Der dürre Mann ermahnt Janus zu einem anderen Umgang mit seinem Bruder, und ich fische derweil den Geldbeutel aus seiner Tasche. Bevor die Kinderchen ihre Runden beendet haben, sind wir längst in der Menge Richtung Alter Markt abgetaucht. Wir verziehen uns zunächst in ein stilles Eckchen im Innenhof der Martinskirche. Und dann fallen wir uns ausgelassen in die Arme. 14 Kölnische Mark!

„Davon können wir uns die ganze Welt kaufen", sagt Phillip.

Wir feiern unseren Beutezug mit Spießbraten und Bier. Dann machen wir uns auf den Weg zum Eigelsteintor, wo wir das Kaiserpaar empfangen werden.

Das Severinsviertel gleicht schon zwei Stunden vor Napoleons Auftritt einem vollgestopften Hühnerstall, wo es kaum ein Durchkommen gibt. Immer wieder hören wir übermütige Betrunkene höhnisch grölen:

„Liberté, égalité, fraternité!"

Janus bekommt einen hochroten Kopf, als er versucht, die unbekannte Sprache zu imitieren. Leider kann ich

ihm auch nicht erklären, was diese Worte bedeuten. Schließlich haben wir uns fast bis zum Tor durchgekämpft. Es dämmert schon, und wir müssen uns beeilen, wenn wir noch einen Platz erwischen wollen, von wo aus wir den Kaiser auch wirklich sehen können. Etwa dreißig Meter vor dem Eigelstein ist die Mauer niedrig und dahinter stehen drei große Ahornbäume. Lediglich ein Gendarm patrouilliert an dieser Stelle und dessen Blicke kleben an den aufgetakelten Weibsbildern, die auch uns nicht verborgen geblieben sind. Diesen Augenblick nutzen wir, um unbemerkt über die Mauer zu klettern. Als wir unter dem mächtigen Ahorn heraufschauen, müssen wir feststellen, dass der Gendarm offensichtlich nichts anderes als die Hinterteile von Frauenzimmern im Kopf hat. An scheinbar jedem Ast hängen Früchtchen unserer Sorte. Als ich hinaufklettern will, begrüßt mich ein halbwüchsiger Kesselflicker mit einem Tritt auf den Schädel. Ich rappele mich wieder hoch und als der Schwindel vorbei ist, schnappe ich mir den Krachwedel. Phillip und Janus eilen mir zu Hilfe. Den robusten Janus bekomme ich kaum gebremst, als er den Raufbold vermöbelt.
„Du ... du ... du Sch... Scha...andbalg", fährt er den Jungen im Rhythmus seiner Fäuste an.
Wie oft man Janus im Waisenhaus wohl so behandelt hat, denke ich und ziehe ihn schließlich weg. Wir erkämpfen uns einen königlichen Platz auf dem Baum und essen unsere Reste auf. Dann wird es dunkel. Kerzen, Öl und Tonlampen werden entzündet.

Ein ganzes Kommando der Grande Armée geht auf und um den Eigelstein in Stellung. Das Tor erstrahlt in einem Meer aus Fackeln. Kanonendonner und Glockengeläut erschallen. Die jubelnde Menge ist kaum zu bändigen. Als die prächtig erleuchtete Kutsche mit dem berühmtesten Mann der Welt durch das Tor zieht, kullern ein paar Tränen meine Wangen hinab, obwohl ich nur seinem winkenden Arm gewahr werde. Doch dann sehe ich sie. Die Ratte! Natürlich nicht Josephine, sondern eine leibhaftige, echte Ratte, die sich auf dem Auftritt der Wagonette niedergelassen hat. Das kann ich nicht zulassen. Ich bin der Rattenfänger von Merheim! Ich ziehe meine Steinschleuder und Munition aus dem Wanderbündel und visiere das etwa 20 Meter entfernte Ziel an. Ich muss den Kaiser retten! Aber statt der Ratte treffe ich das Hinterteil eines weißrussischen Zugpferdes, woraufhin der Gaul vollkommen durchdreht. Sekunden später ist das ganze Gespann ein Sinnbild für Raserei. Schließlich gehen dem Kutscher die Pferde vollends durch, und die Menge läuft schreiend auseinander. Soldaten rennen scheinbar ebenso aufgeregt wie die Pferde auf die Straße und bilden auf beiden Straßenseiten entlang der Mauer Schützenrudel. Was habe ich da angerichtet? Zitternd am ganzen Leib kann Phillip gerade noch verhindern, dass ich zehn Meter in die Tiefe stürze. Janus will etwas sagen, aber der arme Kerl bekommt kein Wort heraus. Aber scheinbar hat von den Jungs keiner bemerkt, dass ich an dieser Katastrophe schuld bin. Dann hören wir laute Rufe unter dem Baum.

Soldaten! Der Ahorn erbebt unter ihren zahllosen Tritten. Schließlich holen sie einen nach dem anderen herunter. Doch wie durch ein Wunder bemerken sie uns nicht. Ich beruhige mich etwas und schlage den beiden vor, dass wir die Nacht auf dem Baum verbringen, bis jeder Soldat der Stadt in weite Ferne gerückt ist.

Am nächsten Morgen erwache ich blinzelnd unter den ersten Sonnenstrahlen. Ich liege in einem Bett mit strahlend weißen Bettlaken. Am rechten Arm hängt ein Infusionsschlauch. Eine Krankenschwester lächelt mich an. Zwei bunte Vögel namens Manu und Klobürste treten an mein Bett heran und lächeln ebenfalls.

„Du hattest einen Herzinfarkt und warst im Koma", sagt Manu sanft.

„Na jedenfalls habe ich meiner Schamanin jetzt etwas zu erzählen", antworte ich grinsend. Dann schlafe ich wieder ein.

ABSCHIEDSREISE
Oliver Kreuz

Köln, im November 2015. Ich habe Geburtstag. 45 Jahre lang befinde ich mich jetzt schon in diesem Körper. Bis auf den kaputten Rücken und einem angeschlagenen Herzen ist er meiner Seele immer noch ein gutes Zuhause. So um die dreißig Jahre werde ich es bestimmt noch mit ihm aushalten, denke ich, während ich mich auf den Weg zu meiner Schamanin mache. Ich gehe nun schon wieder das zweite Mal nach meiner Bypass-Operation zu ihr. So entsetzt sie über meinen Herzanfall war, so entzückt war sie auch über meine Nahtoderfahrung im Jahre 1804. Ich glaube, sie ist sogar ein bisschen eifersüchtig oder fühlt sich ein wenig in ihrer Berufsehre angegriffen, weil ich ihr nun ein spirituelles Erlebnis voraushabe. Mein Vertrauen in die heitere, kleine Nepalesin ist ungebrochen. Als sie die Haustüre öffnet, muss ich zunächst über ihren Guns-N'-Roses-Pullover

lachen, auf dem fettgedruckt „Kill Your Idols" steht. Mit ihrer Nepalmütze und dem Pullover sieht Tashi wie ein Althippie aus. „Komm rein, komm rein", wiederholt sie amüsiert über meinen Gesichtsausdruck. Der übliche Räucherstäbchenduft empfängt mich in ihrem Behandlungsraum. Der Raum ist erleuchtet von Kerzenlicht. Das ist neu, und ich staune über die vielen Kerzen.
„Es sind 45", sagt sie und gratuliert mir mit einer Umarmung. Dann nehme ich auf der vertrauten roten, weichen Liege Platz.
„Heute ist ein besonderer Tag", sagt sie. „Du wirst eine besondere Reise machen."
Mein Herz schlägt etwas schneller, und ich hoffe insgeheim, dass sie unrecht hat.
„Keine Angst, keine Angst", sagt sie fröhlich und streichelt meine Stirn.
Zwei Minuten später bin ich wieder auf dem großen, weißen Platz. Da ist auch wieder eine Türe, aber heute ist sie nicht antik, sondern gleicht der eines modernen Aufzuges. Als ich nähertrete, teilt sie sich, und ich gehe hindurch in ein ... ein Raumschiff, nein ..., ohne Schiff. Ein Zimmer mit Aussicht. Eine atemberaubende Aussicht, die mich an ein Gemälde von Salvador Dali erinnert.
„Erinnert mich ... erinnert ... mich", stottere ich leise vor mich hin. Wer bin ich? Meine Glieder fühlen sich schwer an, als ich langsam über den kalt wirkenden Boden schlurfe. Für die zehn Meter zum Spiegel am anderen Ende des Raumes benötige ich geschlagene

zwei Minuten. Dann steht plötzlich ein alter Mann in einem Pyjama vor mir. Der alte Mann greift sich an die Stirn; dann erschrecke ich. Die Schweißperlen, die er sich wegwischt, befeuchten meine knochigen, faltigen Greisenhände. Nun tauche ich vollkommen ein in mein zukünftiges Bewusstsein. Langsam sickern die Details in meinen Verstand und ordnen die Welt, in der ich lebe. Ich bin wahrlich uralt. Wir schreiben das Jahr 2072 und heute ist mein 102er Geburtstag.

„Natürlich ist er das", stammele ich vor mich hin. Schließlich flimmerten schon gestern die ersten Glückwünsche über den Holo-Projektor. Ich wohne im Penthouse des höchsten Wolkenkratzers von Köln-Kalk. Dem nobelsten Viertel der ganzen Stadt. Den Blick aus dem Fenster nach unten gerichtet sehe ich zahlreiche Dachterrassen, die wie schwebende Gärten in der Luft zu hängen scheinen. Als ich endlich, schwer atmend, das Badezimmer erreiche, flutet ein getöntes, warmes Licht die mahagonifarbig abgesetzten Marmorbögen. In der Dusche sprudelt auf ein Wort von mir ein kleiner Wasserfall aus unsichtbaren Düsen. Dann sage ich „Handtuch", und mein kleiner Roboter, ein echter Alleskönner, rollt leise auf mich zu und reicht mir ein frisches Frottiertuch.

Mein Wohn-und Arbeitszimmer gleicht im Gegensatz zum Esszimmer mit der traumhaften Aussicht keinem Raumschiffcockpit. Es entspricht eher dem Stil einer Kapitänskajüte, eines mittelalterlichen Segelschiffes. Allerdings mit allen technischen Annehmlichkeiten, die

das Jahr 2072 zu bieten hat. Die Wände hängen voll mit Auszeichnungen sämtlicher Bucherfolge meines Lebens. Der Durchbruch als Autor gelang mir erst im stolzen Alter von 55 Jahren. Ausgerechnet die dreiste Adaption von Tolkiens „Herr der Ringe" bescherte mir einen Welterfolg. Erfolg hat mir in meinem Leben immer viel bedeutet. Aber spätestens als ich 90 wurde, waren meine Geschmacksnerven taub geworden für die scharf gewürzten Zutaten, die einem mit der Berühmtheit serviert werden. Allerdings weiß ich die Annehmlichkeiten des Reichtums immer noch zu schätzen. Hätte man mich mit 80 Jahren in eines dieser erbarmungswürdigen Altenheime der Vorstadt gesteckt, würde ich schon seit geraumer Zeit nur noch in der Erinnerung existieren. So wie sämtliche Menschen, die ich einmal geliebt habe, nur noch einen bittersüßen Nachgeschmack in meinem Gedächtnis hinterlassen haben. Ich lasse mich im Ledersessel vor dem Sekretär nieder und mein Roboter bringt mir einen Kaffee. Seit ich das Ding habe, wehre ich mich erfolgreich dagegen, ihm einen Namen zu geben. Das Signal für den ersten Holo-Anruf des Tages erklingt. Mein Verleger (selber längst im Ruhestand, der alte Sack) sitzt lebensgroß vor mir, als ich annehme. „Oliver, altes Haus", sagt er breit grinsend, ohne die Zigarre aus dem Mund zu nehmen.
„Guten Morgen, Jonas."
„Ich wünsche dir alles Gute, mein Lieber. Meinst du, du schaffst noch ein weiteres Jahr? Dann könntest du endlich mal das versprochene Drehbuchmanuskript zu

‚Napoleon und die Ratte' vorlegen?"
„Einen Scheiß kann ich", sage ich mit gespielter Entrüstung. „Du könntest es doch nicht einmal lesen, wenn du ein Lasermikroskop benutzen würdest, Stevie Wonder!"
Jonas lacht und verschwindet. Der alte Halsabschneider hat immer noch keine Manieren. Kurz darauf läutet der nächste Gratulant an, aber ich lasse klingeln. Es ist Cosma Shiva Hagen, die nun auch schon stramm auf die 90 zugeht und noch seniler ist als ich. Vor 40 Jahren hat sie die Hauptrolle in einem Film bekommen, der nach meinem bekanntesten Werk „Die 20 Leben des Gandalf Graumantel" verfilmt wurde.
Sorry, Cosima, du warst mal eine Wucht, denke ich, während ich an meinem Kaffee schlürfe. Mein implantierter Chip für Bio-Funktionen meldet sich. Wenn ich verhindern will, dass in spätestens zehn Minuten der Notarzt auf der Matte, steht muss ich mich sofort um den Blutzuckerwert kümmern. Der Roboter ist auch jetzt wieder brav zur Stelle und serviert mir die Insulinspritze auf dem Silbertablett, was ich schon etwas überzogen finde. Die Morgenausgabe der „Cologne-Times" liegt bereits auf meinem Sekretär (ich bevorzuge es immer noch, eine echte Zeitung zu lesen, obwohl dieses Metier fast ausgestorben ist).
Schlagzeile: „Der Präsident der Vereinigten Staaten von Europa, Matthias Wagenknecht, hat sich mit dem Präsidenten der führenden Wirtschaftsmacht der afrikanischen Staaten zu einem Gipfeltreffen in Maputo zusammengefunden."

Nachdem Chrom spätestens seit 2050 zum wichtigsten Rohstoff der Welt geworden war, ging es mit dem ehemaligen Armenhaus der Welt rasanter aufwärts, als das jemals bei einem anderen Land in der Geschichte der Fall war. Die enormen Chromvorkommen werden benötigt, um Raum- und Vakuum-Energie-Konverter zu bauen, die zur wichtigsten Energiequelle des Planeten geworden sind. Weiterhin lese ich, dass dem Kölner Süden eine weitere enorme Hochwasserkatastrophe droht, die dann wohl dafür sorgen wird, dass selbst die Ärmsten der Armen endgültig nicht mehr in diesen Teil der Stadt zurückkehren werden. Mit der Katastrophe droht auch eine neue Grippewelle. Letztes Jahr hatte Köln zehntausend Grippetote zu beklagen, weil immer noch kein wirksames Mittel gegen multiresistenten Keime entwickelt wurde. Der antibiotische Massenwahn hatte sich weit bis in dieses Jahrhundert fortgesetzt. Nun fordert der globale Rachefeldzug der viralen Armeen jedes Jahr Millionen von Toten.

Nicht ein einziger Artikel thematisiert den Aufstand der Armen. Dabei weiß jeder, dass in Deutschland ein Bürgerkrieg droht. Militante Revolutionäre beherrschen die riesigen Ghettos und finden immer mehr Anhänger. Zerknirscht falte ich die Zeitung wieder zusammen und fühle mich einsam. Daran ändert sich auch nichts, als der nächste Glückwunschbote mein Holo-Telefon zum Klingen bringt. Ich schaue nicht mal nach, wer es ist, und lehne mich, die Augen geschlossen, im Sessel zurück. Es ist nicht die Sturheit des Alters, weshalb ich mich sträube, weitere Anrufe entgegen zu nehmen. Allein die Schwermut des endgültigen Abschieds macht es mir schwer, mit den ahnungslosen Leuten zu reden. Denn ich weiß, dass ich heute sterben werde. Bisher sind sämtliche Erlebnisse meiner schamanischen Reisen wahr geworden, und heute vor 57 Jahren habe ich meinen Tod gesehen. Viele Menschen werden heute sterben müssen. Trotzdem ist es ein guter Tag. Der Tag der Revolution. 80 Prozent der Bevölkerung leben unter menschenunwürdigen Zuständen in polizeilich abgeschirmten Zonen. 40 Prozent können kaum mit Nahrungsmitteln versorgt werden. Nichts auf der Welt macht eine Bevölkerung hellhöriger für die Stimmen der Gewalt als Hunger. Glücklicherweise finden sich gegen Ende des 21. Jahrhunderts genügend intellektuelle Köpfe in Deutschland, die auch das nötige Charisma besitzen, um das Volk zu vereinen. Irgendwo und irgendwann wird immer ein neuer Che Guevara geboren. Ein Adolf Hitler hoffentlich nur einmal.

Dem Tod sehe ich gelassen entgegen, denn wenn jemand an Wiedergeburt glaubt, dann ich. Trotzdem macht es mich wehmütig, von diesem Leben Abschied nehmen zu müssen. Ich betrachte mein wunderschönes Wandrelief von Krishna, dem Flötenspieler. Möge ein Hauch seines Flötenspiels Samsara begünstigen, mir guten Wind, aber keinen Wirbelsturm bescheren, wenn ich in den nächsten Körper inkarniere. Ein bisschen Glück werde ich brauchen, denn während drei Viertel der Bevölkerung im Elend versank, habe ich die letzten

40 Jahre im Luxus geschwelgt. Zu verlockend waren die Früchte des Erfolges, die mir nicht in den Schoß gefallen sind. Ich rufe meinen Roboter, der mir die aktuellen Fernsehnachrichten ins Wohnzimmer zaubert. Ich habe keine Ahnung, wie er das fertigbringt. Er ist eben ein echtes Multitalent. Beunruhigende Bilder zeigen, wie sogenannte Terroristen die Polizeibarrikaden an den Ghettogrenzen dem Erdboden gleichmachen. Es wird nicht lange dauern, bis sie Kalk erreicht haben und die Sicherheitskräfte meiner Luxusherberge überwunden haben. Okay, Leute, dann mal los. „Eat The Rich" macht uns fertig. Sie werden uns fertigmachen. Schließlich habe ich ein echtes Déjà-vu. Es folgt eine Live-Ansprache des Bundeskanzlers aus Maputo.

„Liebe deutsche Landsleute", mit dieser Begrüßung stellt er sofort klar, dass er nur zu der Minderheit spricht, der auch ich angehöre, „terroristische Gruppierungen haben unserer Gesellschaft heute den Krieg erklärt. Wir werden es nicht zulassen, dass die Feinde unseres Volkes ... Bla, bla, bla. Die Feinde der Demokratie ... Bla, bla, bla. Das Gute wird siegen ... Bla, bla, bla." Noch mehr Phrasen. „Ich werde auf der Stelle zurück nach Deutschland ... Bla ..."

„Ja, du wirst dich auf der Stelle in die schottischen Highlands begeben und zittern, dass sie deiner Burg niemals einen Besuch abstatten." Angewidert gebe ich dem Roboter das Signal zum Abschalten. Ich weise ihn an, mir den besten Whiskey zu bringen, den er in der Bar finden kann. Er kommt wieder mit einer Flasche Glenfarclas.

60 Jahre alt, runde 15 Tausend Euro wert. Eine gute Wahl! Dazu gibt es eine Cohiba-Zigarre, was sich hervorragend ergänzt. Mit jedem Zug und jedem Schluck werden Erinnerungen lebendig. Ich verharre im Anblick meiner lange verstorbenen Frau, deren Gestalt sich immer deutlicher aus dem Zigarrennebel hervorhebt. Sie lächelt bescheiden, als sie meine Tränen sieht. Draußen werden die MG-Salven lauter. Einem hellen Blitz folgt eine gewaltige Detonation, und ich verabschiede mich endgültig.

Verschwommenes Kerzenlicht dringt durch salzhaltige Tropfen in meine Pupillen. Tashi trocknet mein Gesicht mit dem Bund ihres Pulloverärmels. Ihre Augen schauen dunkel und zärtlich wie schwarze Rosen.

„Kein Abschied ist für immer", sagt sie und faltet die Hände zu einem anmutigen Namaste.

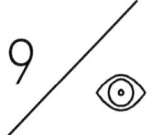

DIE PAAR PROBLEMLINGE
Anke Breuer

Bis heute. Bis heute weigerte ich mich strikt, das Flüchtlingsthema auch zu beschreiben. Erscheint es mir doch unterdessen zu verbraucht, missbraucht, behandelt, misshandelt, umstritten, zerstritten, verbrannt, gebrannt. Aber dann. Dann sah ich diesen Bus. Nein. Keinen Flüchtlingskonvoi. Einen Karnevalsbus. Mit Jecken. Mit beschwipsten Jecken. Mit beschwipsten Jecken in abenteuerlichen Roben. Mit beschwipsten Jecken in abenteuerlichen Roben im Regen. Gut gelaunt. Mitten in der Kölner Innenstadt. Und wer schaute dem närrischen Treiben mit glänzenden Augen zu? Ich! Und da hat es Klick gemacht. Bei mir.
Zurzeit neigt das gemeine Volk dazu, sich in die eine oder andere Richtung zu bewegen. Sind wir menschlich, denken wir scheinbar nicht an unser Land. Wobei mir hier schon ein wenig die Diskussion fehlt, wem so

ein Land eigentlich gehört? Gehört uns Deutschland? Sind wir für unsere sogenannten deutschen Werte, sind wir unmenschlich. Wobei mir hier schon ein wenig die Diskussion fehlt, weshalb Menschlichkeit kein Wert darstellt? Ist Menschlichkeit wertlos?

Aber zurück zum Thema. Diese Jecken steigen in ihren Kostümen aus dem Bus. Und in diesem Moment da tun sich doch ganz andere Dinge auf! Welche, die nie im Zusammenhang mit dem Flüchtlingsthema betrachtet wurden! Gut. Beginnen wir von vorn. Mit einem Beispiel. Sagen wir mit Ahmed und Fatima. Aus Syrien. Ist ja derzeit das trendigste Flüchtlingsland, wenn man das so sagen darf. Darf man sicherlich nicht. Nichtsdestotrotz. Sagen wir, Ahmed und Fatima sind im Oktober im braun durchsetzten Dortmund am Bahnhof angekommen. Sie sind glücklich zu leben. Sie sind erschöpft von der Flucht. Sie haben keine Ahnung, wo sie gelandet sind. In Dortmund werden sie dann von Fremden umarmt, geherzt, mit Schokolade und Socken beschenkt. Ich fragte mich schon da, als ich im Fernsehen die verschreckten Gesichter aller Ahmeds und Fatimas sah, ob diese da schon ahnen konnten, was alles auf sie zukommen würde. Und dass Socken zu unseren liebsten Geschenken gehören. Ob sich Ahmed und Fatima damals schon dachten, der Deutsche sei eine sehr eigenartige Spezies?

Nach einigen Wochen geprägt von Heimweh, Schokolade, fremden Socken und irrwitzigen Bränden ihre Unterbringungen, die eine unterentwickelte Unterart der eigenartigen Spezies in Gang setzt, werden sie mit einem Bus endlich nach Köln gefahren. In die toleranteste deutsche Stadt. Sagt man. Die Freude ist groß. Viele sind dort. Ihresgleichen. Hier fallen wir nicht auf, denken sich Ahmed und Fatima. Plötzlich gerät der Bus in einen Stau. Hatte ihnen denn niemand vom barmherzigen St. Martin erzählt? Der, der zu Pferd im 21. Jahrhundert seinen Mantel mit den Armen teilt? Der, dem alle mit kleinen bunten Laternen hinterherlaufen? Der, der im ach so toleranten Köln auch gerne mal eine Sie ist? Ob sich Ahmed und Fatima damals schon dachten, der Deutsche sei eine sehr eigenartige Spezies?

Gehen wir weiter. St. Martina hält nicht bei Ahmed und Fatima. Die Barmherzige gibt ihren Mantel nicht her. Die Socken müssen reichen, unken einige. Das Pferd äpfelt auf die Straße. Die Kinder mit ihren bunten Laternen latschen durch den Mist. Die Vorweihnachtszeit beginnt. Bei gefühlten 30 Grad im Schatten. Hatte man Ahmed und Fatima nicht prophezeit, im Westen sei es kalt? Weihnachten sei ruhig und beschaulich? Gar ein Fest der Liebe? Der Liebe zum Menschen und unserem gemeinsamen Gott? Stattdessen schwitzen alle in St. Martinas Lodenmantel und den Polyestersocken. Sie rennen hektisch umher. Als ginge die Welt morgen unter. Endliche Apokalypse statt unendlicher Nächstenliebe. Auf dem Weihnachtsmarkt läuft Popmusik. Viele Menschen tummeln sich dort. Auch wenn sie alle von schierer Angst reden. Aufgrund der Islamisierung des Abendlandes. Aber doch nicht heute Abend! Da soll das

Hochprozentige siegen und uns die Angst nehmen, mit der wir uns bei Google infizierten, als wir „Islamisierung des Abendlandes" nachschlugen. Der gute, deutsche Lumumba mit Rum für fünf Euro das Glas soll unser Klagen auf hohem Niveau für eine klitzekleine Sekunde eindämmen. Und an unsere eigentlichen Werte erinnern. Wie waren die noch? Ach, wir haben doch keine Zeit! Ob sich Ahmed und Fatima damals schon dachten, der Deutsche sei eine sehr eigenartige Spezies?
Dann plötzlich. Nach dem Höhepunkt der unerklärlichen, aber beharrlichen Heiligabendmorgenstressorgie herrscht ab 14.00 Uhr mit Gongschlag Totenstille im Land der reichen Angsthasen, der hektischen Geschäftigen, der Möchtegern-Nächstenliebenden und leidenschaftlichen Sockenschenkern. Es ist Heiligabendabend. Und vor den Mauern total tote Hose. Wenn Ahmed und Fatima wüssten, was sich hinter den Mauern abspielte, staunten sie. Ob sich Ahmed und Fatima damals schon dachten, der Deutsche sei eine sehr eigenartige Spezies? Einige Tage später - manche Tannenbäume sind dann schon vom Balkon auf die Straße geworfen worden; ein Schauspiel sondergleichen für den Geflüchteten – Highlife. Die Spezies kommt schlecht gelaunt aus ihren Höhlen hervor. Inselkoller, wohin man schaut. Aber jetzt geht es um die Wurst! Jetzt muss auf die letzten Tage im Jahr die Welt gerettet werden. Zumindest die eigene. Ich mag jetzt überhaupt nicht auf die Silvesterereignisse vor einigen Jahren eingehen. Das hier ist ein durch und durch kultureller Einblick in das deutsche Wertesystem

und Kulturgut durch Ahmed und Fatimas Augen! Die hoffentlich so leuchten werden wie meine, wenn das schönste Fest der Kölner Welt startet. Der Karneval.

Wenn solche und solche Jecken sein können, was immer sie sein möchten. Wenn solche und solche Jecken auf der Straße tanzen, so wild auch immer sie möchten. Wenn solche und solche Jecken sich in die Arme fallen, wer immer sie ausbreitet. Wenn solche und solche Jecken sieben Tage lang im Jahr den lieben Gott einen guten Mann oder Frau sein, die Geschäftigkeit ruhen, die Farben leuchten lassen, die Musik aufdrehen und die Scheinmoral ablegen!

Es mutet für Ahmed und Fatima sicher seltsam an. Vielleicht aber erscheint ihnen dieses Fest authentischer als all der andere Schmu. Und in einigen Jahren schon wird Ahmed vielleicht als Clown mit allen anderen auf der Theke tanzen. Und Fatima, die Piratin, prostet ihm zu. Mit einem Kölsch. Das kann Karneval so viel besser, als alle anderen Feste es vermögen.

Ob sich Ahmed und Fatima damals schon dachten, der Deutsche sei eine sehr eigenartige Spezies?

Eine sehr spezielle Spezies?

Aber gar keine so üble?

Durch und durch Menschen?

Die sich hoffentlich bald fangen. Und feiern. Gemeinsam. Und die paar Problemlinge lösen.

Alaaf, Ahmed!

Alaaf, Fatima!

Und Hans! Und Sigrid! John und Svetlana!

„Denn mer sin all, all, all nur Minsche.
Eet Hätz om rechte Fleck.
Denn mer sin all, all, all nur Minsche.
Un in jedem steck ne kölsche Jeck!"
(Brings „Jeck Yeah")

VERHAFTET
Oliver Kreuz

Samstagmorgen. Die Sonne scheint. Ich bin ungewöhnlich früh wach und entschließe mich, meinen Morgenkaffee in meinem Stammkiosk zu trinken. Der Besitzer, Erkan, ist ein junger Deutschtürke, mit dem ich mich in den letzten Monaten angefreundet habe. Er hat viel zu tun an diesem Morgen. Jeder zweite Kunde geht davon aus, dass beim Kauf der Frühstücksbrötchen eine Lizenz zum Totlabern inbegriffen ist. Ich habe keine Lust, mir das Gewäsch über die neuesten Schlagzeilen aus der Bild-Zeitung anzuhören, und setze mich nach draußen auf den Fenstersims des Büdchens. Erkans Frau gesellt sich zu mir, und wir plaudern über meinen Job.
Ich arbeite zurzeit als Sozialarbeiter in der Migrantenhilfe. Ein interessanter Job, aber trotzdem bin ich froh, dass es Wochenende ist. Die Morgensonne lässt mich ein wenig blinzeln.

Der Kaffee schmeckt. Mein Stimmungsbarometer ist im grünen Bereich.

Wir beobachten ein Polizeiauto, das sich langsam nähert und dann direkt vor uns hält. Ein älterer Polizist und seine junge Kollegin steigen aus. Der Polizist kommt auf uns zu und seine Kollegin bleibt dicht hinter ihm. Ihre Hand liegt demonstrativ offen auf der Waffe an ihrem Holster. Sie stellen sich dicht vor uns auf, während wir sitzen bleiben und sie fragend anschauen.

„Wir suchen einen Oliver Kreuz."

Sofort frage ich mich, ob sie wegen meiner frisierten Vespa angerückt sind. Bleibe aber völlig gelassen sitzen und antworte ruhig, dass der „Gesuchte" vor ihnen sitzt.

„Dann stehen Sie jetzt mal auf!", befiehlt mir Ordnungshüter, aber ich bleibe sitzen.

„Dazu habe ich keine Veranlassung", sage ich leicht verärgert.

„Bei dem, was ich Ihnen zu sagen habe, müssen sie aufstehen", sagt der Bulle mit Nachdruck. „Und stellen Sie Ihren Kaffee neben sich ab."

Grinsend erhebe ich mich, und Erkans Frau verschwindet unmerklich im Kiosk.

„Herr Oliver Kreuz, ich verhafte Sie wegen Tatverdachts auf bewaffneten Raubüberfall mit Todesfolge."

Mein Grinsen wird breiter. Ich kann nicht anders, weil ich völlig perplex bin. Außerdem bin ich mir vollkommen sicher, dass sich der Irrtum ganz schnell aufklären wird.

„Wie bitte?", platzt es jetzt kopfschüttelnd aus mir heraus. Die Polizistin will mir Handschellen anlegen (unter anderen Umständen hätte mir das vielleicht gefallen), wobei ich aber auch jetzt noch ganz relaxed bleibe, und ich kann einfach nicht aufhören zu grinsen. Vielleicht spürt ihr Partner, dass ich aufrichtig bin.

„Ich glaube, das ist nicht nötig", unterbricht er sie, „ich glaube, der Herr Kreuz ist eigentlich ein ganz Netter", fährt er fort.

Sie schaut ihn skeptisch an. Dann packt er meinen Arm, und sie führen mich zum Wagen. Aus den Augenwinkeln heraus nehme ich die entgeisterten Gesichter meiner Kioskkumpels war. Keiner sagt ein Wort.

Im Wagen wird mir dann schon etwas mulmig. Ich frage, wohin sie mich bringen. Wir fahren zur Polizeiwache Köln-Deutz. Ich frage, wie sie überhaupt auf meinen Namen gekommen wären. Ich sei zur Fahndung ausgeschrieben, bekomme ich eine brummelige Antwort. Ich frage, woher sie wussten, dass ich meinen Samstagmorgenkaffee im örtlichen Kiosk zu mir nähme. Mein Vermieter hätte bereitwillig Auskunft gegeben. Woher der das weiß, ist mir ebenfalls schleierhaft, aber aus unerfindlichen Gründen schaut der alte Sack mich immer so an, als ob er mich am liebsten im Gefängnis sehen würde. Vielleicht ist ihm endlich nochmal einer abgegangen, als er gehört hat, dass ich verhaftet werden soll. Als wir den Hof des Bullenhauptquartiers erreichen, grinse ich nicht mehr. So ganz langsam realisiere ich, dass ich vielleicht echt in der Scheiße stecke. Aber ich rechne immer noch damit, dass ich nach einem kurzen Verhör schnell wieder nach Hause darf.

Die Deutzer Wache ist ein riesiges Gebäude. Wir befinden uns nun im Hauptbüro vom direkt angrenzenden Untersuchungsgefängnis. Ich werde aufgefordert, meine Taschen zu leeren. Paralysiert lege ich alles, was ich dabeihabe, auf die Theke. Der Polizist interessiert sich zunächst für meinen zerknitterten Tabakbeutel und behält sein Pokerface bei, als er nichts darin findet, was gegen das Gesetz verstößt. Eine Menge Bullen stehen um mich herum und betrachten mich mehr als skeptisch. Dann muss ich einen „Adler" an der Wand machen, während sie mich durchsuchen. Ich werde aufgefordert, meinem Gürtel auszuziehen, was aber nicht möglich ist, da meine Jeans wirklich nur von dem Gürtel gehalten wird. Also geben sie mir eine Uniformhose, die viel zu kurz ist. Die Schnürsenkel aus meinen Turnschuhen muss ich rausziehen.

So langsam wird mir das hier alles zu dumm, und ich gebe sehr deutlich zu verstehen, dass es sich wirklich nur um ein Versehen handeln kann. Unglaublicherweise sagt eine Riesenkante von Bulle tatsächlich den Satz zu mir, den kein Drehbuchautor mehr schreiben würde:

„Das sagen sie alle!"

Das muss ein Film sein, ein verdammt schlechter, definitiv der falsche Film. Und ich bekomme jetzt wirklich Angst. Mit der Angst wird alles nur noch unwirklicher. Ich werde durch lange Flure geführt auf dem Weg in den Verhörraum. Ein anderer Gefangener kommt mir streng bewacht entgegen und grinst mich an. Gefangener? Bin ich ein Gefangener?

Plötzlich stehen wir vor einer Zellentüre. „Moment, was wird das hier? Ich dachte, ich werde erstmal verhört?!" Mir geht der Arsch jetzt so richtig auf Grundeis. Ein Bulle erklärt mir trocken, dass ich mich mit dem Verhör bis zum Abend gedulden muss, da kein Kommissar vor Ort sei. Und schon stehe ich in der dunklen Zelle. Bums! Die schwere Stahltüre kracht zu und der der Schlüssel dreht sich lautstark im Schloss. Ich sehe graue Fliesen, ein sehr kleines Fenster an der oberen Zellenwand, durch welches ganz schwach ein künstliches Licht dringt. Eine Pritsche mit grünlich wirkender Plastikauflage in der einen Ecke. Gegenüber ein metallisch schimmerndes Pissbecken, das in den Boden eingelassen ist. Das war's. Ich versuche, möglichst ruhig zu bleiben, was wirklich nicht einfach ist, denn ich bin leider ein Mensch mit paranoiden Zügen. Wegen diverser Ängste schon mehrmals in psychologischer Behandlung gewesen. Mein Herz schlägt schneller. Ich setze mich auf die Pritsche und rede mir ein, dass ich gleich wieder hier raus bin. Meine Augen gewöhnen sich an die Dunkelheit, und ich sehe eine Kamera, die auf mich gerichtet ist. Big Brother ... Ja, verdammt, „Big Brother". Und was, wenn dem großen Bruder wieder mal ein Justizirrtum unterläuft?

Mein Herz rast. Ich begebe mich auf der Pritsche in die Diamantsitzhaltung. Vor ein paar Jahren habe ich mal etwas Zen-Meditation geübt. Ich versuche, mich auf meinen Atem zu konzentrieren. Ganze zwei Minuten halte ich es aus. Dann springe ich plötzlich wie vom Affen

gebissen von der Pritsche und raste aus. Ich trete wie ein Irrer gegen die Zellentüre – immer und immer wieder. Es macht mächtig Lärm. Dabei schreie ich die ganze Zeit irgendeinen Unsinn wie, dass ich alle verklagen werde etc. Etwa fünf Minuten und 100 Fußtritte später öffnet sich eine Klappe an der Zellentüre. ein verärgertes Augenpaar starrt mich an.
„Hören Sie sofort auf damit!", raunt es mir dumpf entgegen.
Ich plappere irgendetwas von einem Anwalt und trete erneut gegen die Türe. Der Bulle redet beruhigend auf mich ein. Er scheint ganz nett zu sein. Dann fragt er mich: „Brauchen Sie was?"
Ich weiß wirklich nicht, was er meint.
„Sie wissen schon, Stoff?"
Ich kann's nicht fassen. Für wen halten die mich eigentlich? Scarface?
Ich sage, dass ich unter Klaustrophobie leide und sofort in eine andere Zelle will. Er will sehen, was sich machen lässt und die Klappe schließt sich wieder. Der Ausraster hat gutgetan. Etwas erschöpft lege ich mich auf das ekelhafte Plastikteil. Charles Bukowski sagte mal, das Gefängnis sei die Universität des Lebens oder so ähnlich. Stimmt. Allein die letzten Stunden waren bereits lehrreich für mich. Ich habe gelernt, dass dir auf diesem bescheuerten Planeten wirklich alles passieren kann. Ganz ohne Vorwarnung. Zu jeder Zeit. Wer sich in Sicherheit wiegt, der erliegt einer Illusion. Schon nach drei Stunden in diesem Loch wurde mir klar, dass es wohl

fast nichts Schlimmeres gibt, als eingesperrt zu sein. Die Steine um mich herum bilden eine absolut unüberwindliche Festung, und ich fühle mich sehr, sehr einsam. Eine scheußliche Kälte frisst sich durch mein Innerstes wie ein gefräßiger Parasit, und es schnürt mir die Kehle zu. Ebenso unkoordiniert wie der Ausraster eben ist es nun um mein Zeitgefühl bestimmt. Es flackern Bilder von meiner Verurteilung in einem mittelalterlichen Gerichtssaal in meinem Bewusstsein auf. Gesenkten Hauptes verlasse ich wie Edmond Dantes die Anklagebank. Fantasie ist etwas Schönes, aber augenblicklich völlig unangebracht in dieser Form. Ich gebe mir selber eine Ohrfeige und fühle mich erst recht wie ein Idiot. Gerade als ich mich am Pinkelbecken erleichtere (ein Hauch von Normalität), öffnet sich die Zellentüre und drei Beamte (ein Dicker ohne Uniform) glotzen mich an. Ist mir völlig wurscht. Sollen sie eben zuschauen.

Nachdem ich fertig bin, führen sie mich über ein paar Flure zu einer anderen Zelle und öffnen die Türe. Da liegt der Typ, der zu Anfang an mir vorbei eskortiert wurde.

„Ist das der Oliver Kreuz, den Sie meinen?", fragen sie den Kerl.

Er grinst. „Der? Neee!" Er schüttelt den Kopf.

Der dicke Bulle geht mit mir zum Verhörraum. Zuerst darf ich jemanden anrufen (jetzt schon). Meine Mutter in Siegen nimmt ab. Ich erkläre ihr kurz das ganze Theater und sage ihr, dass, wenn ich mich heute nicht mehr melde, etwas ganz gewaltig schiefgelaufen ist.

Nun beginnt das Verhör. Es gestaltet sich noch kürzer als angenommen. Ich soll dem Kommissar meine Venen zeigen.
„Tja", setzt er an, „der Oliver Kreuz, den wir suchen, ist hochgradig heroinabhängig. Danach sehen Sie ja nicht aus." Er murmelt ein „Müssen Se entschuldijen" hinterher, und das war's.
Ich verlange, dass man mich nach Hause fährt. Als der Bulle am Steuer mir nicht glauben will, dass ich zu Unrecht verhaftet wurde, stehe ich kurz vor einem weiteren Ausraster, aber reiße mich zusammen. Schließlich scheint er mir doch zu glauben und schlägt vor ich, dass ich „das Ganze" mit Humor nehmen soll. Ne, du Arschloch, meinen Humor hat heute euer Dreckloch verschluckt. Wortlos steige ich aus und gehe geradewegs zum Kiosk. Erkan ist noch da. Er schaut mich mehr als skeptisch an. Dann erkläre ich ihm alles.
Er hatte wirklich geglaubt, dass ich ein Verbrechen begangen habe, sagt er mir. Weil ich so ruhig geblieben sei bei der Verhaftung, als hätte ich schon so etwas erwartet. Na, dann weiß ich ja, was beim nächsten Mal angesagt ist.
Noch Wochen später zucke ich zusammen, wenn ein Polizeiauto an mir vorbeifährt. Ein paar Monate später bekomme ich ein Entschädigungsformular zugestellt. Ohne zu zögern, wandert es in den Mülleimer.
Fickt euch!

PANOPTIKUM
Anke Breuer

Am liebsten hätte ich geschwänzt. Aber es ist an der Zeit, ein Taxi zu rufen. Auch wenn man in Köln durchaus strunzvoll Fahrrad fahren, aber um Himmels Willen nicht falsch parken darf, möchte ich heute trotzdem mal andere Wege gehen. Mir fallen fast die Augen zu und mit geschlossenen Augen fährt es sich nicht gut. Mit der Bahn schaffe ich es in einer halben Stunde auch nicht von der Südstadt nach Ehrenfeld. Denn sie fährt gerne Zickzack, die Bahn, statt sich einfach auf den Weg geradeaus zu konzentrieren. Ich überlege kurz, weshalb in Köln überall die U-Bahnen gefeiert werden, nur im Kölner Epizentrum, also vor meiner Haustüre, kein vernünftiges Schienennetz zustande kommt. Komme mir mit meinen absurden Kölner Verkehrsoptimierungsplänen vor wie ein Kind, das Zeit schinden möchte. Immerhin haben sie Köln-Ehrenfeld als Stätte ausgewählt. Da tobt der Bär!

Da tanzt der Steppenwolf! Und andere gefährliche Tierchen schießen Löcher in Windschutzscheiben. Jedenfalls hatte meine Freundin, die mitten in Ehrenfeld wohnt, schon zwei Male Einschusslöcher in ihrer Autoscheibe! Die Reparaturen bezahlte sie selbst. Wer kommt schon darauf, mögliches Pistolengemetzel in seine Kfz-Versicherung mit aufzunehmen? Ich schinde wieder. Zeit. Habe ich nicht mehr viel. Ab! Raus! Fott! Jacke an. Handtasche auf. Schampus rein. Und eine Knarre. Ich schmunzle. Was wohl meine Kollegen sagten, käme ich mit einer Knarre in den Saal? Vermutlich wären sie nicht weiter verwundert. Immerhin ist auch die Mehrheit dieses Kollegiums dafür gewesen, unsere Weihnachtsfeier vom Dezember in den Februar zu legen. Ins revolutionäre Köln-Ehrenfeld. Einmal Kanonenpulver schnuppern. Da erscheint meine Knarre vermutlich geradezu harmlos.

Im Taxi fröne ich wieder meinem Lieblingsspiel: Nationalitäten raten.

Bevor ich fragen kann, sagt der Taxifahrer: „Ich bin ja selbst Ausländer, ja, aber ich komme aus Persien! Diese Türken, ja, meine Kollegen, und ich bin kein Rassist, das sind echt schlimme Menschen! Das macht mich total wutig!"

Das Einzige, was mich schmunzeln lässt, ist die Wort-Kreation „wutig". Ja, mutig das ist er wohl. Mutig, so einen Schmu zu erzählen. Wütend wohl auch, weil Rassisten offenbar standardgemäß wütend zu sein haben. Egal, woher sie kommen. Ich überlege. Habe genau

zwei Möglichkeiten. Ich höre mir die rassistischen Parolen eines „Ausländers über Ausländer" an. Oder steige mitten in Ehrenfeld im sozialen Brennpunkt ohne meine Knarre, dafür aber mit Schampus im Gepäck, aus. Beides doof. Ich träume. Und lasse ihn reden. Jeder politisch Engagierte möchte mir nun vermutlich sagen, dass ich mit ihm reden müsste. Ihn überzeugen müsste, dass sein Geschwafel Humbug ist. Aber ich gestehe. Ich kann es einfach nicht mehr hören. Allein der Satzbeginn „Ich bin kein Rassist, aber ..." lässt mich abschalten. Meine Pistole, die ich nicht nur nicht dabeihabe, sondern überhaupt nicht besitze, wäre jetzt hilfreich. Ich bin zwar nicht gewalttätig, aber ...
„Wir sind da! Schöne Diskussion mit Ihnen! 15 EUR bitte!" Will ihm den Unterschied zwischen Diskussion und Monolog erklären, aber ich bin müde. Immer noch. Und immer mehr. Körperlich. Und nun auch mental.
Völlig ermattet stehe ich vor unserem Treffpunkt. Die Weihnachtsfeier findet in einer hippen Angelegenheit statt. Jeder hat etwas mitgebracht. Selbstgemachtes. Ich hole meine Schampus-Flasche aus meiner übergroßen Handtasche. Immerhin selbst gekühlt. Im Schweiße meines Angesichts. Meine Kollegen rümpfen die Nase, als sie sehen, dass ich nichts gekocht, gebacken, gebastelt, getöpfert habe. Aber stürzen sich trotzdem gierig auf mein Fläschchen. Ich werde diese Kollegen-Spezies nie verstehen. Ich stehe nicht nur am Rand des Raumes, sondern fühle mich auch wieder als Randgruppe. Ein bisschen auch mit Fleiß. Schnell nehme ich mir ein

Glas Champagner. Manchmal hilft Alkohol eben doch, denke ich, und trinke es in einem Zug aus. Halte es danach ausgerechnet meinem Chef zum Auffüllen fast vorwurfsvoll wieder hin. Auch das zweite Glas trinke ich flugs. Da ich Alkohol so gar nicht vertrage, hilft er sehr schnell. Schon nach einer Viertelstunde ist mein rassistischer Taxifahrer Vergangenheit, dafür die streberhaften Koch- und Backbemühungen meiner ambitionierten Kollegen Gegenwart. Die Dame aus der Buchhaltung gesellt sich zu mir und meinem Glas. Ich versiegele meine Lippen. Bin noch nicht so weit. Sie redet ein wenig mit mir. Ich denke, sie versteht den Unterschied zwischen Diskussion und Monolog im Gegensatz zu meinem Taxifahrer und geht.

Nach drei weiteren Gläsern Champagner und zwei verdrossenen Kollegen mehr gehe ich direkt über Los und steige auf Ramazotti um. Spare mir den guten Roten, den Paolo, unser Kölscher Quoten-Italiener, mir quasi direkt von der Ehrenfelder Weinmesse stolz mit einem „Der ist total vegan!" unterjubeln möchte. Ramazotti lindert meine weiteren Sozialängste. Ich denke an die Taxifahrt nach Hause, die mir schließlich noch bevorsteht. Ich bin zwar kein Angsthase, aber ...

Plötzlich höre ich zwischen Musik, belanglosem Gerede und Brotrascheln ein leises „Pssst!" Ich schaue mich um. Nichts. Die Kollegen haben sich längst von mir abgewandt. „Psssst, hey, du!" Ich werde das Gefühl nicht los, dass ich gemeint bin. Aber außer der Käseglocke, dem Brotkorb und einer gebratenen Forelle sehe ich nichts.

Gegessen habe ich auch noch nichts, fällt mir dabei auf, und gehe auf die Forelle zu.
„Na, endlich. Setz dich!"
Meine Freundin rät mir in genau diesen Momenten, wenn ich mal wieder Stimmen höre, entweder nicht direkt über Los zu gehen oder die Träumerei aufzugeben. Beides schaffe ich nicht.
„Hallooooo!"
Ich drehe mich im Kreis. Körperlich und mental. Mal wieder. Wer oder was ist das? Da sehe ich, wie der mausetote Fisch auf der Platte zwischen Tomaten und Grünzeug die Augen verdreht. Offenbar höchste Zeit, mir meine Augen zu reiben. Ich bin in Köln-Ehrenfeld auf einer Party! Nicht bei Alice im Wunderland. Seine Flosse bewegt sich. Er deutet mir an, näher zu kommen.
„Hör mal," flüstert er, „reich mir mal einen Ramazotti! Das Geschwätz hier ist nicht auszuhalten!"
Auch wenn ich finde, dass er recht hat, möchte ich meine letzte halbe Flasche nicht teilen. Ich flüstere zurück: „Du bist tot. Perlen vor die Säue werfen? Nö."
Meine Kollegin dreht sich in dem Moment um und verdreht auch die Augen. Augen über Augen. Fühle mich veräppelt. Erst der Fisch. Dann die Buchhaltung. Paolo lächelt mir zu. Immerhin.
„Was ist jetzt?" Der Fisch.
Ich: „Lass das. Ich werde hier ohnehin für jeck erklärt. Wenn ich jetzt auch noch mit einem Fisch rede …"
„Nun hab dich nicht so. Bin dein einziger Freund hier. Dein Kölscher Quoten-Italiener will dich nur in die Kiste

kriegen. Die Uschi aus der Buchhaltung füßelt unterm Tisch mit deinem Chef. Der bekommt schon ganz glasige Augen. Ja, da guckst du. Möchtest wohl auch mal deine Augen um 180 Grad drehen können, was? Die blond gefärbte Kollegin lästert übrigens ununterbrochen über dich. Sagt, du führst schräge Selbstgespräche im Büro. Zum Piepen! Tust du so etwas?"
Als ich antworte, schreie ich fast. „Nein! Ich führe keine Selbstgespräche! Nie!"
In dem Moment geht natürlich die Musik aus. Und der Fisch schließt die Augen. Liegt da wie tot. Der Lügner. Dann dreht sich alles.
Am nächsten Morgen geht es mir nicht so gut. Paolo schreibt mir eine SMS, ich solle mich nicht wundern. Er hätte mir ein Taxi gerufen. Und der Taxifahrer hätte sich total gefreut, mich wiederzusehen. Weil ich kaum etwas gegessen hätte, schreibt er weiterhin, hätte er mir etwas von dem Fisch eingepackt. Ich schmeiße die Tupperdose geschlossen in den Müll und schwöre mir, nie wieder über Los zu gehen und mich keinesfalls auf Gespräche mit Fischen einzulassen. Außerdem nehme ich zur nächsten Weihnachtsfeier im Sommer das Rad. Schenke mir einen Ramazotti ein. Möchte jetzt nicht alleine sein. Da höre ich ein „Hey, pssssst, du ..." aus dem Mülleimer ...

NENNT ES, WIE IHR WOLLT

Oliver Kreuz

Ich sitze im Büro, und das Wochenende nähert sich. Ein ganz besonderes Wochenende. Heute beginnt die Fußballweltmeisterschaft 2006 in Deutschland. Nur noch ein Kollege ist anwesend. Er legt eine CD ein und einer der offiziellen WM-Songs schallt durch unsere Nachhilfeschule. Ob offiziell oder inoffiziell, netter Song, denke ich, Bob Sinclairs „Love Generation". Er klingt fröhlich, ein bisschen wehmütig, dieser Mix aus Latino-Gitarre und Reggae-Gesang. Bald schon pfeife ich heiter mit. Ich freue mich! Ja, ich werde einfach alle Bedenken über Bord werfen und mich freuen. Mich nicht darüber ärgern, dass nun auch die Zeit für eine gigantische Fußballvermarktungswelle gekommen ist. Die Zeit, in der ungeliebte Gesichter (von Pocher bis Merkel) über die Bildschirme flattern werden wie publicity-geile Vampire. Es wird mir einfach egal sein, wenn auch das letzte dilettantische Großmaul seine Wampe in ein Deutschlandtrikot zwängen wird. Sogar die korrupte Fifa wird mir am Arsch vorbeigehen. Heiter verlasse ich das Büro. Auf dem Heimweg von Bergisch-Gladbach nach Köln liegt auch schon eine gewisse Atmosphäre in der Luft. Die Bergisch-Gladbacher Fußgänger-Fußballzone ist bereit. Eine Großleinwand steht vor aufgeschüttetem Strand und Liegestühlen. Jetzt wird's also richtig ernst. Mein Stimmungsbarometer steigt weiter. Bei mir ist heute noch kein Public Viewing angesagt, aber zwei Freunde kommen vorbei und das Bier steht bereits kalt. Vorher werden wir uns auf die Partie des Eröffnungsspiels schon einmal mit der Playstation einstimmen. Sammy zieht mich gnadenlos ab mit Costa Rica, 5:1! Wenn das kein böses Omen ist, denn Deutschland traut sich mal wieder kaum jemand etwas zu (selbstverständlich erwarten alle nichts Geringeres, als dass die Mannschaft Weltmeister wird, aber so etwas sagt man nicht).

Doch an diesem Abend zeigt sich Deutschland von der besten Seite. Phillip Lahm legt in der heimischen Münchener Arena los wie die Feuerwehr. Sogar Diego Maradonna gerät ins Schwärmen angesichts des wunderschönen 1:0 durch Lahm. Deutschland gewinnt 4:2. Ein Auftakt nach Maß. Aber ein deutscher Fußballfan, der etwas auf sich hält, würde niemals zugeben, dass Deutschland schon jetzt zu den Favoriten auf den Titel zählt.

Eigentlich bin ich längst nicht mehr der Fußballfanatiker der ich einmal war. Je mehr der Fußball zum Geschäft wurde, desto geringer wurde mein Interesse über die Jahre. Aber bei der WM herrscht Ausnahmezustand, und mein Fußballherz blüht wieder auf. So eine WM verbindet: Freunde, Familie, Fremde. Immer schon habe ich mir geschworen, dass, sollte die WM noch einmal nach Deutschland geholt werden, ich auf jeden Fall Karten für mich und meinen Vater besorgen werde. Nun ist es so weit, aber Karten habe ich nicht. Zu teuer. Das Leben ist nicht so verlaufen, wie ich mir es einmal ausgemalt hatte.

Die Verabredungen für das zweite Spiel sind geplatzt, so dass ich etwas zermürbt in meinem Sessel sitze. Aber ein paar Bier machen das Gelaber in der Vorberichterstattung erträglich, und ich bin jetzt ebenso heiß auf das Spiel, wie die jungen Polinnen in ihren roten Trikots, die eben in der Bahn alle Blicke auf sich zogen. Es wird ein echter Krimi, wobei die Spannung sich erst in der letzten Minute löst. Nachdem der Ball zwei Mal an dem Pfosten knallt, locht Oliver Neuville endlich zum entscheidenden 1:0 ein. Und die deutschen Fans haben mit David Odonkor einen neuen Lieblingsflügelflitzer. Das Freudengeschrei ist groß, als ich meine Eltern anrufe, die gemeinsam mit der Familie meiner Schwester im schwarz-rot-gold geschmückten Wohnzimmer schauen. Selbstverständlich schaue ich mir jedes Spiel an. Dazu gehören auch solche „Kracher" wie Paraguay gegen Schweden, bei denen man irgendwann anfängt, sich auf alle möglichen Dinge zu konzentrieren, aber nicht auf das Spiel. Manchmal zählen aber auch die scheinbar

vorhersehbaren Begegnungen zu den Besten. Als ich auf dem Weg zum Heumarkt bin, um mir dort auf der Großleinwand England gegen Trinidad und Tobago anzuschauen, haut es mich wirklich um, als ich die gewaltige Kulisse am Deutzer Rheinufer sehe, wo ebenfalls ein Public Viewing stattfindet. Eine riesige Menge an englischen Fans hat sich dort versammelt, so dass ich beim Blick aus der Bahn den Eindruck habe, die kleinere Ausgabe des Wembley Stadions läge mir zu Füßen. Am Heumarkt dann ein ähnliches Bild. Die Kulisse ist nicht ganz so mächtig, aber auch hier haben die Engländer die Fanmeile fest im Griff. Einige scheinen nicht gar so friedlich und ebenso betrunken. Als Jan und Erik eintreffen, bin ich sogar ein bisschen erleichtert.
Die erste Halbzeit gestaltet sich dann zu einer Blamage für alle Freunde des englischen Fußballs. Trinidad hält erstaunlich gut dagegen. Aber wie man das von den Supportern gewohnt ist, leidet die Stimmung kaum darunter. Das Bier und die Hitze schlagen einigen allerdings schon auf die Birne, und ich beginne daran zu zweifeln, dass die einschlägig bekannten Hooligans tatsächlich an der Einreise gehindert wurden. Aber England gewinnt dann (leider) doch mit 2:0, und am späten Abend erreiche ich angenehm berauscht vom Kölsch und dem schönen Sommerfußballabend meine kleine Wohnung auf der Schäl Sick. Erst beim übernächsten Spiel der Engländer gegen die Schweden eskaliert die Lage auf dem Heumarkt. Jan und ich sind mittendrin, als deutsche und englische Hooligans sich eine Schlacht

mit Plastikstühlen und anderen Wurfgeschossen liefern. Uns gelingt die Flucht aus dem Hexenkessel, in dem nun eine Hundertschaft der Polizei die Führungsrolle übernommen hat. Nach diesem kleinen Zwischenspurt schmeckt das nächste Bier umso besser, und wir lassen die Idioten Idioten sein. Rausch ist angesagt!
Ganz Deutschland scheint in diesem Sommer im Dauerrausch zu schwelgen. Das Wetter spielt mit, die Mädels erobern die Fanmeilen in sexy, schwarz-rot-goldenen Klamotten, und Jürgen Klinsmann spielt sich mit seiner Mannschaft in die Herzen der Zuschauer. Über unangenehme Begleiterscheinungen versuche ich strikt hinwegzusehen. Welcher Rausch verläuft schon ohne Nebenwirkungen. Xavier Naidoo mit seinem „Dieser Weg" schafft es fast, mich aus meiner stoisch guten Laune heraus zu reißen. Ein Song, der vor Pathos trieft, aber sogar dieses Lied wird in mein Sommererlebnis integriert. Noch Jahre später werde ich bei diesem Lied ein bisschen wehmütig (die Wehmut siegt locker über die leichte Scham, die ich dabei verspüre).
Schließlich habe ich mir mit meinen Eltern in den Armen gelegen, als Deutschland im Elfmeterschießen gegen Argentinien gewonnen hat. Irgendwie hat es der Xavier an diesem Tag in meine Gehörgänge geschafft. Ich möchte den erleben, der diese Assoziation vergisst. Und immer, aber auch wirklich immer, werden schöne Erlebnisse mit meinen Eltern mir mehr bedeuten als jede Form von Political Correctness und „Geschmackspolizei" dieser Welt.

Eine wunderbare Zeit in gemütlichen Biergärten, kollektivem Freudentaumel erlegenen Fanmeilen, vor dem TV mit den Menschen, die Geborgenheit bedeuten, neigt sich dem Ende zu.

Dass nun ausgerechnet der Erzrivale Italien die Deutschen aus dem Wettbewerb raushaut und dann auch noch die Frechheit besitzt, Weltmeister zu werden, interessiert uns nicht so sehr. Deutschland ist der Weltmeister der Herzen. Trotzdem, liebe Fußballfreunde, so viel Überblick muss auch im Rausch gewahrt sein: Italien ist Fußballweltmeister 2006!

AUF REZEPT
Anke Breuer

„… Nä, wat wohr dat dann fröher en superjeile Zick, mit Träne in d´r Auge lur ich manchmol zurück …"
(Brings, „Superjeile Zick")

„… Nee, was war das doch früher 'ne supergeile Zeit, mit Tränen in den Augen schau ich manchmal zurück …"
Wir singen aus vollem Hals Karnevalslieder. Also wir, das sind Frau Antje alias Lena, also ich, Marie alias Stefan, also Stefan, eine Hexe alias der wirklichen Marie und einige andere Freunde. Wir tanzen und fiere, wie der Kölner sagt, in einer nicht ganz so Kölschen Pinte, die uns aber in den Jahren ans Herz gewachsen ist. Dieses Jahr ist mein Flirt ein mehr oder weniger, ich bin nicht mehr ganz zurechnungsfähig, auch wässriges Kölsch tut irgendwann sein Übriges, heißer Police Officer. Ich liebe Männer in Uniformen. Karneval muss

es immer ein Kerl in Uniform sein. Oder ein als Frau Verkleideter. Wenn nicht, dann verkleide ich mich als Kerl in Uniform. Zwei Fliegen mit einer Klappe. Fetisch? Vielleicht. Ich pfeife auf die Definition. Schließlich gehöre ich bei der Uniformkiste zu den angeblich 85 % aller Weibsbilder, die es mögen, mit einem Polizisten oder Piloten zu flirten. Zumindest im Karneval. Sonst flirte ich wohl auch mit Polizisten. Aber eher, um meine Geldbußen zu mildern. Was nie funktioniert. Verbesserungswürdig. Muss in mich gehen. Plötzlich! Der Police Officer spricht! Wahnsinn. Mein diesjähriger Weiberfastnachtsflirt kann sprechen!

Wir diskutieren, Intellekt gekoppelt mit einer Uniform ist ein wahrer Schenkelspreizer, also wir diskutieren, selbstredend wäre diese Diskussion für einen objektiven und vor allem nüchternen Zuhörer völlig absurd, dennoch diskutieren wir angeregt über das Tanzen. Der anderen. Wie lustig sie sich bewegen. Über Bewegung. Im Allgemeinen. Über Beweglichkeit. Unsere. Über Dehnfähigkeit. Meine. Über Sex. Diese logische Konsequenz ist an einem solchen Abend schon eine organisatorische Meisterleistung. Eine wahrhaftige Herausforderung. Ich gebe an. Ein großes Talent meinerseits, wenngleich ich auch sonst recht talentfrei durchs Leben husche. Ich gebe damit an, dass ich meine Beine hinter den Kopf legen kann. Ja. Ehrlich. Konnte ich. Zumindest, als ich 18 war.

Er spöttelt, dass ich in meinem Zustand, der sich von seinem kaum unterscheidet, vermutlich nichtmals ein

Bein auf die Theke legen könne. An die ich mich bereits seit geraumer Zeit mit allen mir zur Verfügung stehenden Extremitäten krampfhaft anlehne.
Ha! Kampfansage!
Lena, also ich, sollte nie, niemals herausgefordert werden! Ich schlucke den verbleibenden Spuckrest Kölsch und hieve lässig, glaube ich, mein Bein, irre, es klappt noch immer, auch wenn ich einen leichten Schmerz verspüre, ich hieve es also lässig auf die Theke. Puh.
Mein Police Officer sagt: „Chapeau!" – er kann auch noch Französisch, ich bin verzückt – und lacht.
Ich lache auch. Ohne genau zu wissen, ob aus Spaß an der Freude oder um meinen Schmerz wegzulachen. Soll ja möglich sein. Angeblich. Stichwort: Lach-Yoga. Ich schweife ab. Neige dazu. Der Schmerz zieht sich bis zu meinem Allerwertesten. Egal. Für eine gelungene Angebersituation muss man auch mal etwas riskieren.
Ich nehme mein Bein vorsichtiger herunter, als ich es hochgetrieben habe, und bestelle mir einen Schnaps. Mein Police Officer und ich verbringen noch einen liebevollen Abend. Nein. Ohne Sex. Wir treffen uns mehr auf der Metaebene. Wie meine Pädagogenfreunde zu sagen pflegen. Was immer das genau ist, aber es hat definitiv nichts mit Sex zu tun. Und das hier auch nicht. Wir haben uns nicht einmal geküsst, als ich das Lokal verlasse. Karneval ist mir persönlich sehr lieb, aber auch latent zu sexuell. Ich flirte bis zum Äußersten. Auf der Metaebene. Und diese ermüdet mich ungemein. Müdigkeit. Das beste Verhütungsmittel. Für mich. Außerdem bin

ich doch glücklich verheiratet. Glücklich verheiratet? Einer der wohl sinnlosesten Sätze, die es gibt. Und der folgenschwersten. Unter Umständen. Ich eise mich von der Theke los. Winke meinem Police Officer artig. Meine Freunde bringen mich nach Hause. Und ich freue mich auf mein Bett. Bin müde. Sehr müde.
Als ich am nächsten Morgen aufwache, ja, mit Kind steht man auch nach einer durchzechten Nacht um acht Uhr morgens auf, verspüre ich dieses Mal nicht nur einen höllischen Schmerz in meinem Kopf. Nein. Viel schlimmer ist dieser höllische Schmerz in meinem Hintern. Ich komme kaum vorwärts.
„Mamaaaa, ich habe Hunger!"
Vielleicht könnte ich meine Tochter fragen, ob sie mir den Toaster, einen Teller plus Messer und den gesamten Kühlschrankinhalt zum Bett bringt? Ich befürchte nämlich, dass ich hier nie wieder herauskomme. Mein Leben lang habe ich mir, wie fast 70 % aller Frauen, ja, ich habe doch einen Fetisch, einen Statistik-Fetisch, trotzdem bin ich im Fach Statistik schlecht, dazu ein anderes Mal, das Kind verhungert, mein Leben lang habe ich mir Gedanken über mein Hinterteil gemacht. Ist es zu dick? Zu groß? Zu klein? Utopisch. Hängt er? Aber nie, nie habe ich mir Gedanken gemacht, ob er auch weh tun könnte. Also zumindest einfach so. Fast einfach so. Am Abend dann würde ich meinen Allerwertesten sogar gegen ein Pferdehinterteil austauschen, hörte er nur auf, so weh zu tun. Ibuprofen, Paracetamol, Ibu, Para, Ibu, Para. Meine Freundin rät mir eben am Telefon, bei

starkem Kopfschmerz, der wahre Schmerzmittelpunkt war mir unangenehm, ich wollte meinen Chapeau-Verdienst vor meinen Freunden nicht zerstören, diese beiden Schmerzmittel in soundso vielen Stunden, ich habe die Zahl vergessen, abzuwechseln, damit die Wirkung sich nicht aufhebe. Ich nehme mir vor, direkt am Dienstag bei meiner Physiotherapeutin vorzusprechen. Eine Frau. Meines Alters. Die nur mich und meinen Kiefer kennt. Der dort behandelt wird. Seit fast zehn Sitzungen bereits. Gute Fortschritte. Ob der Schmerz vom Popo bis zum Kiefer durchgreifen kann? Ich denke, ich kann, besser: ich muss ihr von meiner aus ihren Augen sicher sinnlosen Angeber-Bein-auf-die-Theke-Tour erzählen. Zu Hause vor meinem mit mir, so hoffe ich, glücklich Verheirateten schiebe ich es auf die Bandscheiben. Dabei habe ich von Bandschieben keine Ahnung. Wo liegen die überhaupt?
Am Dienstag bin ich medikamentös so eingestellt, dass ich wohl schmerzfrei und ohne jegliche Vorübung ein Fakir-Brett mit nackten Füßen überqueren könnte, an sich eine ganz gute Idee für die nächste Weiberfastnacht, nach dem Karneval ist schließlich vor dem Karneval.
Meine Physiotherapeutin schaut immerhin nach dem Rosenmontag auch etwas angeschlagen aus. Ob sie auch unter Drogen steht? Das liebe ich so an Köln. Am Veilchen-Dienstag müssen sich Augenringe nicht verstecken. Ich kann sie auch sonst nicht verstecken, nur kann ich nicht 365 Tage im Jahr mit dem Alaaf-Argument kommen. Die Karnevalsaugenringe zeugen von gutem Partygeist!

Oder tut ihr vielleicht auch der Popo so weh? Die Physio-Dame fragt, wie es meinem Kiefer so gehe. Das ist der, der an sich behandelt wird. Nur heute habe ich andere Pläne für ihn. Für meinen Kiefer. Habe ich doch direkt von der Teenager-Dauer-Zahnspangen- in die Erwachsenen-Dauer-Beißschienen-Phase gewechselt. Wo rohe Kräfte sinnlos walten. Mutig sage ich: „Meinem Kiefer geht es ausgezeichnet. Mein Popo tut weh." Sie zieht die Augenbrauen hoch. Und ich erzähle ihr flugs, so flugs es für mich geht zumindest, aber nicht ohne an komischen Details zu sparen, um von mir abzulenken, was mir nicht gelingt, meine Flirtgeschichte. Davon, wie mein Police Officer, seinem Popo geht es vermutlich gut, der war aber auch niedlich, wäre sonst schade drum, mich „herumbekommen hätte". Ohne mich herumbekommen zu haben. Damals. Bevor ich drogenabhängig wurde. Vor fünf Tagen. Wie er mit mir gewettet hatte, dass ich es nicht schaffte, mein Bein auf die Theke zu hieven. Und dass ich mir dabei wohl eine heftige Zerrung im Allerwertesten zugezogen hätte. Ich murmle weiter etwas von „man müsse auch mal unpopuläre Maßnahmen treffen" usw., aber das geht im Gelächter unter. Sie lacht und lacht. Schaut in mein verzweifeltes Gesicht, verstummt kurz, unterdrückt ein weiteres Lachen, setzt eine ernste Miene auf und sagt dann mit tiefer Stimme:
„Was für ein Schwein!"
Ich danke ihr ohne weitere Worte, manchmal ist Schweigen eben doch Gold, warum denke ich nur nie darüber

nach, bevor ich etwas zum Besten gebe, ich danke ihr also ohne weitere Worte für ihr Mitgefühl, das mich in die Lage versetzt, mein Gesicht zu wahren, während ich ihr meinen Popo in ihr Gesicht halte. Sozusagen. Sie drückt hier. Drückt dort. Kichert ab und an. Schüttelt den Kopf. Ich drehe mich zwischendurch um, mein Kopf ist hochrot, und sie sagt schnell wieder:
„Was für ein Schwein! Wirklich!"
Dieses Mal umarme ich sie nach der Behandlung. Nachdem sie meinen Hintern wieder eingerenkt hat, halte ich das für eine angemessene Reaktion, ihr meinen Dank auszudrücken.
„Denken Sie noch an das Rezept für die nächsten zehn Male. Also um Ihren Kiefer zu behandeln. Passen Sie auf sich auf!"
Der Kiefer. Ach ja. Da war doch noch was. Ich schmeiße die letzte Ibuprofen in den Gulli.

Eigentlich müsste ich lernen. Eigentlich. Ich mag dieses Wort nicht. „Eigentlich ist eine Einschränkung", höre ich meine Deutschlehrerin unken. Eigentlich müsste ich lernen. Das ist eine Einschränkung. Denn ich müsste auch noch die Wäsche machen. Die Spülmaschine ausräumen. Meine Nase nachpudern. Denn heute fahre ich gegen späten Vormittag wieder zur Physiotherapie. Es hat sich so in mein Leben eingeschlichen. Fast schon so, dass ich mir ein Leben ohne Physio kaum vorstellen kann. Eine liebe Konstante. „Mittwochs Physio" steht in meinem Kalender. Aber auch der geübteste Zwischen-

den-Zeilen-Leser kann nicht erahnen, was sich zwischen den Zeilen noch verbergen sollte. Selbst ich nicht. Ich rücke mir die Haare lieblos zurecht und frage mich, wer sich schon für ein bisschen lahmen Sport schön macht. Also lasse ich den Blödsinn, mein Puder war ohnehin sauteuer, ich muss in mich gehen und meine Kosmetik kostengünstiger gestalten, schließlich habe ich mich auf meine alten Tage entschlossen, wieder zu studieren. Das ist Sparen angesagt. Jedenfalls gehört das zum guten Ton. Dem lieben Gott oder besser gesagt meinem Partner sei Dank ist unser Kühlschrank immer gut gefüllt. Wobei mir einfällt, dass ich hier auch noch tätig werden sollte, denn gerade ist das nicht der Fall. Aber theoretisch – Sie wissen schon.
Ich suche meinen Fahrradschlüssel. Ich suche immerzu meinen Fahrradschlüssel. Heute wenigstens noch oben in der Wohnung. Meist verschwindet er nämlich erst, wenn ich bereits die zwei umständlichen Schlösser verriegelt, vier Stockwerke gelaufen und längst vor meinem Fahrrad stehe. Warum dieser nicht am Haustürschlüssel befestigt ist? Ja, es wäre mal wieder Zeit, Erik vom Schlüsseldienst kommen zu lassen. Von ihm bekam ich bei einem der letzten Male den Rat, die Schlüssel zu trennen. Dann könnte ich, wenn ich mal wieder die Türe zuknalle, wenigstens entweder, je nach dem welchen Schlüssel ich eingepackt hätte, Fahrrad fahren oder zurück in meine Wohnung. Ein netter Kerl. Geschäftstüchtig. Wenn er schon mal da ist, trinken wir immer noch gemütlich Kaffee, da meine Termine dann

ohnehin bereits geplatzt sind. Und zur Feier des Tages gibt es dann einen Keks oben drauf. Heute aber nicht. Fahrradschlüssel doch gefunden. In den Analen meiner Handtasche. Wo auch mein Haustürschlüssel lag. In einem guten Haushalt geht eben nichts verloren. Auf der Straße kommt es wieder. Dieses Gefühl. Ich fahre los. Immer am Rhein entlang. Fühle mich groß. Atme durch. Bin die Schnellste. Bis mich der erste Rentner überholt. Angekommen schließe ich lieblos mein Rad ab, denn ich hätte gern mal ein neues, und freue mich auf die Massage. Denn heute mag ich nicht die Mini-Hanteln stemmen. Ich setze ein leidvolles Gesicht auf.
„Geht es Ihnen heute nicht gut?"
„Hallo, ach, Sie wissen schon. Das Wetter. Meine Migräne. Ich werfe noch flugs eine Tablette ein, dann kann es in zehn Minuten mit meinem Sport-Programm losgehen."
Die Physio-Dame lässt sich zumindest nicht anmerken, dass sie mich durchschaut hat. Sie klopft mir liebevoll auf die Schulter, ich zucke ein wenig zusammen, um den Schein zu wahren, und sie deutet mir an, mich auf die Pritsche zu legen. Ja, so ist es gut. Ich schließe die Augen. Denke an nichts. Also an fast nichts. An nichts ist nicht möglich. Ihre Finger sind kühl. Sie redet nicht. Ich genieße die Massage. Schwebe schon in anderen Sphären. Und dann. Plötzlich. Kenn ich diese Stimme? Déjà-vu? Ich träume weiter. In Köln ist jedes Veedel in Dorf. Vielleicht hat sich ein Nachbar etwas verrenkt, und ich habe ihn gehört. Mag sein. Ich hasse es, wenn

ich meine, jemanden oder etwas erkannt zu haben, und das Rätsel dann nicht lösen kann.
„Bleiben Sie bitte ruhig liegen. Sonst gehen wir doch noch in die Hantelkammer!"
Ich blinzle und sehe, dass sie mich anlächelt. Vermutlich hat sie mich doch durchschaut. Ich schließe wieder die Augen.
Nach meiner Massage sehe ich völlig derangiert aus. Waren die Haare vorher immerhin lieblos geordnet, haben mein Fahrradhelm und die Kopfmassage meiner Frisur den Rest gegeben. Mein Hemd ist aus der Jeans gerutscht, habe wohl doch zu viel herumgehampelt; ich schlüpfe in meine Turnschuhe, ohne sie zu öffnen. Wäre ich 18, sähe ich so vielleicht cool aus. Mit über 40 allerdings nur noch bescheuert. Zerrupft, nicht richtig angezogen, Schuhe platt getreten, Augen verschlafen. Ich schnappe mir meine Handtasche und stürze auf den Flur. Wenn ich etwas schneller nach Hause fahre als alle Rentner, die mich sonst überholen, schaffe ich vielleicht noch den Mittagstisch im Kaffeeklatsch, denke ich. „Kaffeeklatsch" ist mein Lieblingsimbiss. Leckere Schweinereien zum kleinen Preis. Zur Toilette danach gehe ich dann gepflegt auf mein eigenes Klo, denn ich wohne nebenan. Kaffeeklatsch hat aber immer nur eine bestimmte Anzahl an Mittagsmenüs, also muss ich Gas ...
Peng.
Ich knalle mit meinem ohnehin derangierten Kopf vor etwas. Vor jemandem. Einen Kerl. Ich grüble.

Er sagt: „Huch!"
Ich: „Aua!"
Dialog erschöpft. Wir schauen uns erst mit großen Augen an, dann mit geschlitzten, dann wieder mit großen.
Er: „Du?"
Ich: „Bist du nicht ...?"
Ich bin an sich ein Mensch, der sich – wie meine Freundin gern zu sagen pflegt – „auf jedem Parkett bewegen kann". Nur scheinbar nicht auf dem leicht glatten Parkett der Physio-Praxis mit halb geschlossenen Augen, derangierter Frisur, noch im Wachkoma wegen der sagenumwobenen zuvor genossenen Kopfmassage.
„Frau Antje?"
„Und du? Heute mit Knarre oder ohne?" Meine Antwort. Das war immerhin geistreich gekontert, finde ich, spüre aber die neugierigen Blicke diesmal aller Physiotherapeuten, herrje, so viele arbeiten hier?, in meinem Rücken. Sie versuchen vermutlich, sich einen Reim auf die absurde Situation zu machen. Ich auch.
Er: „Keine Knarre. Hast du Käse dabei?"
Ich: „Nö. Aber eine Knarre hätte ich jetzt gern."
Denn ich verspüre den Drang, mich auf der Stelle erschießen zu wollen. So peinlich ist die Situation. Wir stehen hier. Der Police Officer. Frau Antje. Beide weit über 40 (ich werde zur Zeit rasant älter). Schauen uns seltsam an. Eine Horde junger Hühner, Physio-Damen, hinter uns. Alle starren uns an. Wir beide starren uns auch an.
Er: „Okay. Ich muss dann mal."

„Ja, ich auch. Tschüss!"
Da muss ich einiges erlebt haben, um dann in so einer Situation völlig bedeppert da zu stehen? Ich war völlig uncool (bin ich sonst nie), völlig sprachlos (das sonst schon gar nicht), völlig derangiert (das öfters). Mit hochrotem Kopf rase ich an meiner Physio-Dame vorbei, die mir mit breitem Grinsen noch hinterherruft:
„Nächste Woche dann zur gleichen Zeit!"
Ich antworte nicht mehr, sondern stürze aus der Praxis, schnappe mir unbehend mein Rad und rase selbstmordgefährdet los. Zu Hause ist der erste Gang der zum Kühlschrank – das ist er zugegebenermaßen immer, aber heute aus einem anderen Grund – und kralle mir das kühlste Kölsch. Auf dem Balkon lasse ich alles Revue passieren. Bin ich nicht in Statistik durchgefallen? Wie viele Einwohner hat Köln? Wie viele Veedel? Vergleich Anzahl Männer/Frauen? In meinem Alter? Davon abgezogen alle Police Officer und alle Frau Antjes? Diese Anzahl wiederum verteilt auf alle Pinten Kölns, die an Weiberfastnacht geöffnet haben? Das wiederum runtergebrochen auf diejenigen, die sich den Hintern verdrehen, sich ohnehin schon als Holland-Meisje den Kiefer einrenken lassen und regelmäßig Physio-Praxen aufsuchen müssen? Was bleibt da noch übrig? Ganz klar! Nur ER und ICH. Darauf hätte selbst ich kommen können! Das ist eine ganz eindeutige Kalkulation! Ich nehme mir eine zweite Flasche. Hoffentlich verabredet sich das Kind und kehrt nicht zu ihrer verwahrlosten Mutter zurück. Die zudem nicht rechnen kann.

Im noch einigermaßen zurechnungsfähigen Zustand google ich meine Physio-Praxis. Bruno Weber. Physiotherapeut und Geschäftsführer der Praxis in, na, in meinem Veedel, dessen Weiberfastnachtsgeschichten nun dank seiner treuen Patientin Frau Lena Schmidt auch allen seinen Mitarbeitern bekannt sein dürfte. Sein Problem. Was muss er sich auch so aufspielen? Police Officer! Ich verkaufe Käse. Und er rettet die Welt? Dass ich nicht lache. Ich stalke weiter. Laut Zwischennetz hat er auch eine Familie. Frau. Kinder. Mehrere Praxen. Friede. Freude. Eierkuchen. Nur der Käse. Der fehlte ihm offensichtlich. Ich überlege flugs, ob ich meinen Termin stornieren soll. An verrückten Krankheitsideen soll es mir nicht mangeln, ich meine, einen verbogenen Po habe ich immerhin schon mitgebracht. Da wäre alles andere nur konsequent. Nein. Ich bin nicht feige. Ich stelle mich dieser Situation. Ich bin mutig! Ich bin mutig! Ich bin mutig! Ich will weg. Er war wirklich süß. Mein Kind kehrt doch zurück. Zieht die Augenbrauen hoch und verschwindet im Zimmer. Ein kurzes „Gibt es Abendessen?" vernehme ich noch und bin geneigt zu antworten, es stehe noch ein Bier im Kühler, bremse mich aber. Brav, wie ich bin, bereite ich dem Kind ein ordentliches Abendbrot (Käsestulle für sie, noch ein Bier für mich) zu. Wir setzen uns vor den Fernseher. Ich denke nach. Über meine schlechten Statistikkenntnisse. Über die fünfte Jahreszeit. Über verbogene Popos. Über Angeberei. Über ausgesprochen niedliche Männer. Ich darf nicht. Ich sollte nicht. Herrje. Karneval habe ich es geschafft, standhaft zu sein, nachdem ich nicht einmal mehr stehen konnte! Dann werde ich doch nicht jetzt ... Nur weil ich nicht in der Lage war, mir auszurechnen, dass wir beide uns statistisch gesehen nur dort hätten wiedertreffen können? Das ist wirklich absurd. Ich bin selbst schuld. Es war ein Flirt. Es war lustig. Vor allem jetzt für alle anderen. Ich gehe ins Bett. Kind kommt schon klar. Müde.

Eine Woche später. Mein Termin in der Physio-Praxis. Ich habe mich entschieden. Eine Frau muss zu Ende bringen, was sie begonnen hat. Todesmutig betrete ich die Praxis. Es scheint, als bleibe die Zeit für einen Moment stehen, denn ich werde schon freudestrahlend oder besser mit breitem Grinsen begrüßt. Im Behandlungsraum fragt mich meine Physiotherapeuten:

„Hi, heute Kopping? Oder mal ein paar Hanteln stemmen?"

Ich denke, ich bin nicht in der Position, Forderungen zu stellen und möchte außerdem stark wirken. Hinzu kommt, dass im Geräteraum auch andere Patienten sind, so dass mir keine unangenehmen Fragen gestellt werden können. Denke ich. Hoffe ich. Bete ich. Sie schiebt mich – immer noch grinsend – in den Geräteraum. Ich hebe und hebe, bete und bete. Noch ein Gewicht drauf, logo, ich kann alles, ich schaffe alles, ich will alles. Meinem Kiefer und meinem Hintern geht es gut. Letztes Mal erwähne ich geflissentlich nicht. Sondern betone immer wieder den wahren Grund meines Erscheinens hier, nämlich meinen maladen Kiefer. Doch

plötzlich die Frage der Fragen.
„Sagen Sie, haben Sie wirklich, also jetzt mal so unter uns Königskindern, haben Sie mit meinem Chef ...?"
Wenn ich die Hantel jetzt fallen lasse, dann sind Kiefer und Popo Geschichte. Dann werde ich nie wieder laufen können. Ich schlucke. Huste. Atme schwer. Antworte dennoch. Und das auch noch total cool. Finde ich.
„Haben wir was?" Irre cool.
„Na, was wohl. Es war Weiberfastnacht. Er geht Weiberfastnacht immer als Police Officer vor die Türe und locht kräftig ein."
Gekicher bei der Kollegin. Die andere Patientin hatte schon beim Betreten des Raumes große Ohren, aber nun wachsen sie ins Unermessliche. Er locht ein. Wie witzig. Soll ich ihn bloßstellen und seinen Mitarbeiterinnen sagen, dass er vom Einlochen weit entfernt war, sogar die Strafzettel noch unbedruckt waren? Oder soll ich zu ihm halten? Süß war er ja. Und man weiß ja, wie schwer es Führungskräfte haben, und eine solche ist er ja, irgendwie, als Police Officer, ich meine, als Inhaber der Praxis, also, wie schwer es diese haben, die Mitarbeiter an sich zu binden. Da muss man sich schon mal die ein oder andere Geschichte einfallen lassen, um sich mit ihnen auf eine Stufe gleichzustellen.
Ich möchte antworten und selbst daran glauben: „Wow. Ja. Haben wir! Und es war unfassbar gut. So einen hemmungslosen Sex hatte ich seit der achten Klasse nicht mehr!" Aber alles, was aus meinem Mund kommt, ist ein stammelndes „Hallo ...", denn auf einmal steht er da.

In meinen Augen in Uniform. Die Kappe etwas schief gestellt. Den Schlagstock in der Hand. Seine Augen auf mich gerichtet.
Er sagt: „Du da! Mitkommen!"
Als ich die rosarote Brille absetze und die Augen zusammenkneife, sehe ich, dass er die Uniform in Millisekundenschnelle in eine Seidenjogginghose, immerhin auch in grün, und ein Poloshirt mit Praxis-Aufdruck – wie kreativ! – ausgewechselt hat. Nun gut. Auch eine Art Uniform. In der Tat sagt er allerdings:
„Frau Antje, bitte kurz mitkommen!"
Alles kichert. Sogar die Omi. Die andere Patientin. Nur er nicht. Und ich nicht. Statistisch gesehen war auch das völlig klar. Das nächste Mal stelle ich bessere Berechnungen an. Er läuft vor. Ich laufe hinterher. Hinke hinterher. Der Popo. Er zeigt in einen leeren Raum. Ich gehe zuerst hinein. Dann er. Er hat Manieren, wie wunderbar. Er schließt die Türe. Frau Antje und der Police Officer in einem kleinen Raum mit Turnmatten, Babyhanteln und Turnhallengeruch. Dann. Er küsst mich. Ewiglich. Gefühlt. Während einer kurzen Pause haucht er: „Ein Mann muss beenden, was er begonnen hat!"
Sag ich doch. Ich verlängere mein Rezept. Wer hätte damit gerechnet?

ESOTERISCHES
Anke Breuer

„Guten Tag, mein Name ist Anke Bernds. Ich habe Ihren Prospekt gelesen und dachte …"
Ich werde unterbrochen.
„Ui, einen gesegneten Tag, liebe Anke! Wie schön, dass du anrufst!"
Kölsches Kollektiv-Duzen. Ich hasse das. Fahre fort:
„Nun, ich habe Ihren Prospekt gelesen und möchte Sie kennenlernen."
Sie säuselt: „Unbedingt. Darf ich dich heute Nachmittag zurückrufen? Ich bin im Moment auf der Autobahn und habe meinen elektronischen Terminkalender nicht dabei." Ein Kichern. „Das klingt so gar nicht nach guter Organisation oder?"
Ihr scheint offenbar, als kenne sie mich seit Jahren. Ich dagegen kenne sie gar nicht. Und Freunde suche ich auch nicht. Ich habe Freunde. Fahre fort:

„Nun, deine Organisation ist zunächst zweitrangig. Hauptsache, Du kannst mir helfen. Und ich hörte, darin seiest du gut."
Ein weiteres Kichern. So kommen wir nicht wirklich weiter. Es fängt an, mich zu nerven. Ich habe mich ohnehin überwinden müssen und nun trifft einmal wieder genau das ein, was ich befürchtete. Sie säuselt:
„Ich rufe dich gleich an. Versprochen!"
Ich wette, sie hält im Auto auf der Autobahn bei 150 km/h ohne ihren elektronischen Kalender noch beide Daumen hoch, nur um mir ganz bestimmt zu bestätigen, dass sie mich zurückruft. Ich lege auf. So viel guter „Spirit", wie meine langjährige Freundin Gema immer sagt, kann nicht normal sein, denke ich mir und vergesse die Szene.
Nachmittags klingelt das Telefon. Nummer unbekannt. Melde mich mit „Anke Bernds. Ja, bitte?"
Nicht gerade freundlich, aber ich mag telefonieren nicht. Es müssen schon wirklich lohnenswerte Themen sein, die man da so am Telefon besprechen muss, während einem die Ohren glühen, die Finger schmerzen, der Rücken schreit, weil die allgemeine Telefonierpose eine Tortur für die Bandscheiben ist.
Sie: „Anke, halloooo! Ich freue mich, dich erreicht zu haben!"
Ich: „Wieso? Hast Du es mehrmals versucht?"
Sie: „Nein, echt supi. Bist sofort erreichbar. Klasse."
Ich denke mir, so oft bin ich innerhalb von fünf Sekunden das letzte Mal gelobt worden, als ich zum ersten Mal

einen Haufen in den Topf gemacht habe.
Frage: „Okay, was sagt dein elektronischer Terminkalender?" Der elektronische Kalender geht mir nicht aus dem Kopf. Vielleicht sollte ich auch ...
Sie: „Hihi, er sagt, ich sollte ganz schnell einen Termin mit dir vereinbaren, weil ich glaube, dass es dir gut täte."
Ich frage mich, woher diese Frau, die mich zwar scheinbar seit Jahrhunderten kennt, wohingegen ich sie noch nie gesehen habe, weiß, was mir gut täte.
Ich sage: „Gut, schieß los."
Sie: „Na na, nicht so gewalttätig!"
Und wieder ein Kichern. Herrje, ich will die Pillen auch, die diese Frau offensichtlich schluckt.
Sie: „Ich könnte supi am nächsten Dienstagvormittag. Ich schaue mir dich an; wir machen ein paar Übungen. Dann schlage ich dir etwas vor."
Ich frage ganz pragmatisch: „Wie lange dauert das?"
Sie: „Och, wir quatschen ein bisschen, dann die Übungen. Hm. Eine halbe Stunde in etwa."
Ob ihr das ihr elektronischer Terminkalender geflüstert hat? Vielleicht sollte ich auch ...
Sie: „Die halbe Stunde schenke ich dir natürlich!"
Ich höre meine Mutter: „Du sollst niemals Geschenke von Fremden annehmen!"
Nein, nicht auch noch meine Mutter! Und wieso fremd? Diese Frau kennt mich sicher aus einem ihrer früheren Leben.
Ich sage leidenschaftslos: „Gut. Vereinbart." Und weil ich nicht zu knatschig rüberkommen möchte: „Danke."

Sie säuselt: „Ich freu mich total auf dich! Supi! Bis Dienstag! Und ein tolles Wochenende!"
Wir haben Mittwoch. Nun denn. Jetzt freue ich mich auch ein bisschen. Schließlich wollte ich immer schon einmal wissen, was es mit diesem geheimnisvollen Yoga auf sich hat. Und nun nächsten Dienstag nun meine erste Privatstunde. „Supi!", säusel ich vor mich hin. Und gehe wieder an die Arbeit.

15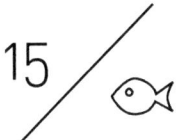

TO GO OR NOT TO GO
Anke Breuer

Anke in einem schnieken Café auf der Ehrenstraße in Köln: „Guten Tag, ich hätte gern einen schwarzen Tee."
Stimme hinter der Theke: „Hi, Chai Latte oder Black Tea?"
Anke: „Nun, gern den Gewürztee. Mit Milch bitte."
Die Stimme: „Super. Chai Latte. Low Fat?"
Anke: „Ja, den Gewürztee mit fettarmer Milch."
Stimme: „Cool. Chai Latte. Low Fat. 0,3 oder 1,5?"
Anke fragend: „0,3 oder 1,5 bitte was?"
Stimme: „0,3 oder 1,5 Fat?"
Anke kopfschüttelnd: „Schwarzer Gewürztee mit 1,5%-iger Milch dann. Hab's etwas eilig."
Stimme: „Chai Latte Low Fat. Size?"
Anke genervt: „So klein wie möglich. Und vor allem jetzt so schnell wie möglich."
The Voice: „Cool. Hot?"

Anke mit bebender Stimme: „Ich bitte darum."
The Voice: „One hot Chai Latte Low Fat small size. To go?"
Anke gepresst: „Ja."
The Voice: „Cool! One hot Chai Latte Low Fat small size to go." The Voice verschwindet. Dann: „Schade. Aus. Und jetzt?"
Anke: „Okay, guy, listen. *It makes us rather bear those ills we have than fly to others that we know not of? Thus conscience does make cowards of us all; and thus the native hue of resolution is sicklied o'er with the pale cast of thought, and enterprises of great pith and moment with this regard their currents turn awry, and lose the name of action. – Soft you now! To go or not to go – that is the question!**"
Die Stimme: „Wow! Was für eine Sprache ist das?"
Anke: „Unerheblich. Eine Cola bitte!"
Stimme hinter der Theke: „Normal oder kalorienreduziert?"

*) William Shakespeare: „Hamlet"
 http://de.wikipedia.org/wiki/Sein_oder_Nichtsein,_das_ist_hier_die_Frage

16

BEKEHRT
Anke Breuer

Zwei Karten gewonnen. Für die Kölner Philharmonie. Herrje. Hätten es keine Kinokarten sein können? Schenke sie meiner Freundin. Sie freut sich, will aber, dass ich mitkomme. Gefangen.
Wir sitzen in der Philharmonie. Ich gähne schon einmal aus Prinzip und vorsorglich, ohne dass das Orchester begonnen hat. Sitze verspannt auf dem Stuhl, hatte einen anstrengenden Tag im Büro. Das Orchester beginnt zu spielen. Sanft. Eher leise. Ich gähne noch einmal. Aus Prinzip. Meine Schultern entspannen sich. Ich ziehe sie nochmals zusammen. Prinzip eben. Stirn entspannt sich. Ich fühle über meine Stirn. Glatt. Orchester spielt schneller. Mir kommt ein schöner Mann auf einem Pferd in den Sinn, der, die Musik wird dramatischer, auf eine ebenso schöne Frau zureitet, die sich einen Hang hinunterstürzen möchte.

Stopp. Erstmal wieder ein bisschen aus Prinzip gähnen, bloß nicht interessiert schauen, und dann aus Prinzip verspannen. Was träumst du da? Du willst doch immer die gängigen, alten Rollenklischees unterbrochen haben, jetzt rettet der Typ eine selbstmordgefährdete Frau, und sie leben glücklich und zufrieden bis ans Ende ihrer Tage? Blödsinn.
Wow. Das Orchester wird lauter. Flöten hören sich an wie eine Vogelschar. Ich lege meine Arme locker auf die Oberschenkel. Ertappe mich dabei, wie ich kurz die Augen schließe und dem Vogelgezwitscher lausche. Stopp. Du magst Vögel nichtmals besonders. Er hat sie gerettet. Orchester leiser. Ruhiger. Einklang. Sie küssen sich leidenschaftlich. Bin ich etwa entspannt? Unfassbar. Morgen kaufe ich weitere Karten. Das Orchester bleibt noch bis zum Herbst. Gott sei Dank!

ALLES ANDERE ALS VOLLKOMMEN

Anke Breuer

So richtig glaube ich nicht daran. Also an sich kaum. Unsinn. Ich glaube gar nicht daran. Aber Weihnachten werden wir malträtiert. Von ihnen. Von allen Seiten. Weiß. Neutral. Schön. Schwebend. Vollkommen. Engelsgleich. Engel.
Und so richtig passen Engel auch nicht zu mir. Also an sich kaum. Unsinn. Sie passen gar nicht zu mir. Unerheblich. Denn nun bin ich einer. Nicht weiß. Weiblich. Schön vielleicht nicht gerade. Schwebend schon gar nicht. Und alles andere als vollkommen.
Aber immerhin in engelsgleicher Verkleidung. Ich gebe alles. Versuche, lächelnd über den Weihnachtsmarkt zu schweben. Bestimmt lege ich mich dabei gleich auf die Nase. Das Engelskostüm ist mir etwas zu lang. Der städtische Schneematsch färbt meinen Kleidersaum grau. Dreckspritzer bis zu den Knien.

Ich sage doch, alles andere als vollkommen. Ich schwebe durch den grauen Matsch an einem Raclettestand vorbei. Ob es im Himmel aus so ausschaut? Wichtiger: So stinkt? Ich nehme mir vor, zu Silvester keinen Racletteabend zu planen. Mir wird schlecht, aber ich lächle. Vor lauter Träumen habe ich mal wieder vergessen, dass ich hier einen verdammten Job erledigen muss! Und nicht nur weiß, schön, schwebend, vollkommen und engelsgleich zu sein, sondern vor allem produktiv. Ich verkaufe nämlich – hohoho – Engelsseifen! Ich beginne wieder zu träumen und mich zu fragen, ob Engel sich möglicherweise, obwohl sie doch perfekt sind, auch waschen müssen. Konzentration! Lächeln! Doch ich schweife immerzu ab.

An Engel, Seifen und Vollkommenheit zu denken, wenn sich gerade sein größter Traum in Luft auflöst, ist schwierig. Hätte ich nur schon früher aufgegeben. Als klar wurde, dass meine Berechnungen nicht aufgingen. Als die Zahlen in meinem Kassenbuch nicht mehr engelsgleich, sondern teufelsrot wurden. Der Businessplan. Herrje. Ich habe für andere Businesspläne geschrieben. Diese Anderen sind nun gemachte Leute. Und selbst. Selbst musste ich scheitern. Ob oben im Himmel auch Businesspläne ...

„Entschuldigen Sie, was kostet so eine Engelsseife?"

Ein Herr schaut auf meinen Bauchladen. Verdrecktes Kostüm, billige Flügel, weiß-goldene Plastiklocken. Das alles in Summe ergibt eine beinahe vollkommene, ja, fast engelsgleiche Erscheinung, wenn man es im direkten

Vergleich zu diesem, also zu meinem, überdimensionalen Bauchladen sieht! Ich schaue auch auf meinen Bauch. Alle schauen auf meinen Bauch. Ob mein Bauch jemals so viel Aufmerksamkeit erhalten hat?

„Ähm, Entschuldigung, dieser Engel kostet 3,50 EUR. Wenn Sie drei Engel nehmen 8,00 EUR!"

Das mit dem Verkaufen muss ich wohl noch üben. Vollkommenheit und Bauchladen alleine helfen da nicht. Vielleicht liegt es an mir. An meiner Art, dass ich meinen Traum, mein Café, nicht halten konnte. Vielleicht war mein Businessplan irre toll. Nur ich nicht. Blöde Vollkommenheit.

Offensichtlich habe ich zu laut gedacht. Der Mann schaut mich an, jetzt sieht er mir direkt in die Augen und sagt: „Nun, vielen Dank. Aber einen Businessplan benötige ich für diese Kalkulation noch nicht. Ich nehme drei Engel!"

Ich werde rot, was zu meinem engelsgleichen Kostüm und den teufelsroten Zahlen auf meinem Konto perfekt passt. Trotz des ganzen Blutes in meinem Kopf wage ich einen Blick von meinem Bauch hinauf in sein Gesicht. Und schaue in zwei deutlich amüsierte Augen.

„Ähm, ich verpacke sie Ihnen noch flugs."

Hastig wickle ich weißes Papier um die Engel. Froh, beschäftigt zu sein.

Was für Augen. Ich beginne wieder, kurz zu träumen. Ob Engel wohl auch flirten? Ach, dafür habe ich jetzt wirklich keine Zeit! Ich habe immerhin mehrere Jobs zu erledigen. Lächeln. Seife verkaufen. Café retten. Konto

ausgleichen. Vollkommen sein. Ob ich das alles an einem Abend schaffe?
Er steht noch immer vor mir.
„Möchten Sie Ihr Geld haben? Oder arbeiten Sie noch an meinem Businessplan?"
Ich wage alles! Schüttle kurz die Flügel aus und ziehe meinen Bauchladen stramm.
„Wissen Sie", flüstere ich engelsgleich, „ich schreibe hervorragende Businesspläne. Leider habe ich meine Visitenkarten nicht dabei. Dieses Kostüm ... Ich meine ..." Pause. Eine Pause, die ihn sichtlich amüsiert. Und mich peinlich berührt. „Das hier, das hier ist nur ein ... Ich meine, ich bin nicht wirklich ein ... Engel!"
Lieber Gott, wenn es dich gibt und die Engel dir unterstellt sind, dann hole mich jetzt, verdammt noch eins, hole mich sofort, stante pede, zu dir!
Der Mann legt mir seine 8,00 EUR an den Bauch. Und zieht an einer meiner Plastiklocken. Sanft. Vielleicht bin ich doch schon im Himmel? Ob man dort auch Businesspläne schreibt? Konzentration! Meine Knie oberhalb des schneematschgrauen und unterhalb des asphaltbeklecksten Engelkostüms schlottern. Er zieht mich etwas näher an sich heran. Zum ersten Mal bin ich froh, einen Bauchladen umgeschnallt zu haben.
Er haucht nur: „Echt? Ich dachte. Schade. Denn ich möchte hier in der Stadt ein weiteres Café eröffnen. Und ich könnte wahrlich einen Business Angel gebrauchen."
Ich lächle. Und es strengt mich nicht einmal an! Ich strahle geradezu. Richte mich auf. Und hauche zurück:

„Dann vertrauen Sie doch freundlicherweise meinem Bauch Ihre Visitenkarte an. Ich habe da nämlich schon einen Plan. Einen Businessplan. So gut wie fertig. Wissen Sie, denn ich bin kein …"
„Kein Engel? Auf mich wirken Sie ganz und gar vollkommen." Und weiter: „Und da wir gerade von Engeln sprechen. Ich bräuchte neben einem produktiven Engel auch dringend eine Seifenverkäuferin an meiner Seite. Heute Abend. Man sagt sich, dass sich diese besonders gut im Nachtleben Kölns auskennen. Und ich finde, der Tag hat gerade erst begonnen, unterhaltsam zu werden. Acht Uhr? Hier?"
Er legt seine Karte auf meinen unterdessen total eingebildeten Bauch, lässt meine Locke allmählich los und winkt mir lächelnd zum Abschied.
Und ich? Ich schwebe. Engelsgleich.

Lust auf mehr?

Geschichten über die Kraft der vier Elemente und ihren Einfluss auf das Leben

Von: Ingmar Ackermann, Anke Breuer, Agnes Decker, Norbert Görg, Angela Hoptich, Oliver Kreuz, Gisela Kruyer, Anna Rudy, Sarah Schönfeld, Nina Weber und Katja Winter

Anthologiereihe „Elemente"
Band 1 bis 3 als Ebook und Taschenbuch erhältlich:

JAHRHUNDERTFLUT
Hochwassergeschichten aus Köln
192 Seiten, ISBN 978-3-74316-180-1

FLAMMENSPIEL
Geschichten über das heiße Element
220 Seiten, ISBN 978-3-75283-253-2

STURMGESANG
Geschichten über Luft, Liebe und das Leben
252 Seiten, ISBN 978-3-73477-389-1

Kurschattengewächse
Iris Boden

Das Leben der 51-jährigen Irina Schmitz ist geprägt von Krankheiten, sowohl ihrer eigenen, wie der ihrer Angehörigen. Ihr übersteigertes Pflicht- und Verantwortungsgefühl kapselt sie im Laufe der Jahre von der Außenwelt ab und sie erkennt nicht, dass sie kurz vor einem Zusammenbruch steht.
In einem kurzen Moment der Schwäche stimmt Irina einer Rehabilitationsmaßnahme zu, die ihr Hausarzt für sie beantragt. Jetzt heißt es Augen zu und durch ...

Eine Geschichte voller Höhen und Tiefen, Freundschaften und Selbsterkenntnissen, mit Humor und Herz erzählt.

Kurschattengewächse
Iris Boden

Roman, 136 Seiten
ISBN 978-3-7528-2568-7
7,99 Euro

Fremde Heimat
Anna Rudy

In den 15 Kurzgeschichten erleben Sie Menschen, die sich in einer fremden Welt orientieren, die mit der komischen, traurigen oder absurden Erfahrung von Fremdheit zurechtkommen müssen.
Jede Geschichte steht für ein persönliches Schicksal, ist wie ein kleiner Mosaikstein. Zusammengewürfelt durch die Migration, vermischt in der neuen Umgebung, vermitteln diese Schicksale die Vielfalt, die ein so multikulturelles Land wie Deutschland heute auszeichnet.

Fremde Heimat
Anna Rudy

Kurzgeschichten, 210 Seiten
ISBN 978-3-74940-713-2
2,99 Euro / 9,99 Euro
als Ebook und Taschenbuch
erhältlich